龍王さまと純愛の花
～時を越えたつがい～

CROSS NOVELS

野原 滋
NOVEL: Sigeru Nohara

みずかねりょう
ILLUST: Ryou Mizukane

CROSS NOVELS

CONTENTS

CROSS NOVELS

CONTENTS

龍王さまと純愛の花

~時を越えたつがい~

何が起こっているのかさっぱり分からないまま、桜庭竜一《さくらばりゅういち》は流されていた。

いや、流されているのか、滑っているのか、落ちているのか、それすらよく分からない。何もない空間で、身体が勝手に移動しているのだ。

「どうなってるんだよ！　夢か？　俺、知らないうちに寝ちゃってた？」

自分の声が暗闇に吸い込まれていく。

竜一は大学にいたはずだ。午前の講義を受け、次の講義まで時間が空いているので、食堂で暇を潰そうと、構内を歩いていた。

それが突然、何かに引っ張られるようにして身体が持っていかれ、気がつけばこうなっていたのだ。

「どうしちゃったんだよ」

闇雲に手足を動かしてみるが、不安定な浮遊感があるだけで、手にも足にも何も当たらない。途方に暮れていると、突然前方に光が見えた。夜空に浮かぶ星のように、遠くで小さく光っている。

その光がどんどん大きくなっていく。どうやらそこへ向かっているらしい。

「……なんだろう。何か見える」

光の先に、大地のようなものが見えてきた。赤茶けた土に灰色の山。空とおぼしき上空は、どういうわけかピンク色だ。

更に近づくと、透明な硝子《がらす》のような壁があり、その向こうに景色が見えた。スノードームの内側から外を見ているような状態だ。

そこから見える景色は、見たことがあるような、ないような不思議なものだった。

透明な壁に両手をついて、向こう側に見えるものを眺める。

竜一は海外に行ったことはないし、日本の土地でこのような場所は知らない。では何かの写真か映像で見たのかと思うが、完全に合致する景色は思い浮かばなかった。だけどなんとなく記憶を刺激する風景で、懐かしいような気さえする。

「でも、……月が二つってのはおかしいよな？　それにあの空の色」

空は青くなく、かといって夜の黒でもない。薄紫というか、ピンクがかった灰色というか、とにかく自分の知っている空の色ではなかった。大きさの違う乳白色をした丸いものが二つ、そこに浮かんでいた。

「もしかして地球じゃない……？」

そう呟いた瞬間、ストン！　と落下の感覚が訪れた。

「うわわわわ」

慌てて宙を掻くが、摑《つか》まるものが何もないので為す術もなく落ちていく。

ドスン、と尻から落ちた。

「……痛ってぇ」

腰を押さえて痛さに耐える。とんでもなく高いところから落ちたと思ったのだが、それにしては衝撃が少なかった。地面についた尻はジンジンするだけで、骨折もしていないようだ。

「……夢だよな？」

自分に言い聞かせるように声を出す。

さっき暗闇の空間から窓を覗くようにして見ていた景色の中に、自分がいる。

前方に見える山はゴツゴツとしており、山というより大きな岩だ。それが高さも大きさも形も様々に、ずっと遠くまで広がっていた。岩山以外の地面は砂漠で、木々や草など緑のものは、何一つ生えていない。ところどころにクレーターのような穴が空いている。

「歩きながら寝ちゃったとか？　いやいやいや、ねえし。でも、じゃあ幻覚……？」

自問自答しながら、これがどういう現象なのか分析してみるが、答えが出ない。

夏休みが終わり、新学期が始まったばかりで、試験も困難な課題も特にない。体調を崩していたわけでも、精神的に追い詰められていたということも、たぶんない。

友人も普通にいるし、夏休みに地元へ帰ったときには馴染みの仲間と楽しく遊んだ。リーダーシップを取るようなタイプではないが、調子に乗りやすい性格で、竜一がいると場が明るくなるとよく言われる。友人は多いほうだと思うし、部活でも可愛がられている。健康でお気楽な大学生なのだ。

「ってことは、やっぱり寝ちゃってるんだろうな、俺としたことが。でもここまで自覚のある夢ってどうなの。これ、起きたら覚えているんだろうか」

独り言を呟きながら、目をパチパチさせてみたり、お約束で頬をつねってみたりするが、目の前の光景はなくならず、竜一の目も覚めない。つねった頬は確かに痛いし、だいたい、寝てしまう前に自分が取っていた行動の記憶があり、今のこの現象を不思議に思っている状況が夢っぽくない。

足許にある土を触ってみた。砂利の交じった砂はザラザラとした感触があり、これもリアルだ。手が汚れた。

手に付いた砂埃をジーンズで払う。そういえば、着ている服は大学に着ていったものと変わりなく、長袖Tシャツにジーンズ、パーカー姿だ。朝、自分で選んだ記憶がある。

夏休みが終わったばかりでまだ暑い季節だが、竜一は一年中長袖を着ている。周りには暑くないのかと言われるが、冷え性だからと誤魔化していた。竜一だって暑いときはできればラフな恰好をしたい。だけどできない事情があった。

右肩から肘にかけて、大きな痣《あざ》があるからだ。

腕に絡まるようにして広がっているそれは、痣というよりも模様に近い。腕に蔦《つた》が絡まっているように見えるのだ。もちろん、タトゥーを入れているわけではなく、自然にできたものなのだが、どう見ても人工的な模様にしか思えず、これを見た人が引いてしまうのだ。

子どもの頃はまだ肩辺りまでしかなかった痣は、成長と共に大きくなり、今では半袖の服では隠せなくなっていた。中学生の頃までは、面白がって「勇者の証」などと言って自慢していたのだが、大学生にもなってそんなことを言ったら痛い人だと思われるのがオチだ。

だから竜一は親しい人以外には、この痣を隠している。それほど竜一の腕の痣は、痣には見えないということだ。

「……うん。まずは持ち物の確認をしよう」

小学生の頃、ボーイスカウトに参加していたことがあり、遭難時の心得を教えてもらった。まずは焦らず、持ち物の確認をし、備えるのが大事だと言っていた。

立ち上がってポケットを探ってみる。怪我はまったくないようで、尻の痛みも消えていた。ポケットに入っているはずの携帯電話がなかった。持っていた鞄《かばん》もない。従って財布も鍵もなかった。

「なんにもないじゃん！」

叫んでから、まあ、夢だから仕方がないかと、すぐさま気持ちを切り替えた。そのうち目が覚めるだろう。

「んーと、どうしようっかな」

夢から自主的に覚める方法は知らない。竜一は再び辺りを見回した。いずれ目が覚めるのだろうけど、それまでただ茫然《ぼうぜん》とここに立っているのも退屈だ。

「ちょっと冒険とかしてみる？」

夢なら夢だと割り切り、この状況を楽しむしかない。もともとあまり深刻にならない性格だ。

「ゲームだと最初は棍棒《こんぼう》とか持つんだよな。弓があれば一気にレベルが上がるんだけど」

竜一は小学生の頃から近所の道場へ通い、今年入学した大学でも弓道部に所属している。そこは上部リーグの強豪校で、近々開催される大会に、竜一も団体戦の選手として出場する予定になっていた。

取りあえず山に向かって歩くことにした。そのうち景色が変わってくるかもしれない。ヒュウヒュウと風の音がする。山のほうから吹いてくるようだ。

「ボスキャラはあの山の天辺とかにいそうだな」

普通のゲームなら、そこに辿り着くまでにいくつかの経験を積んで、武器や魔法を増やしていくのだが、如何せんこれは竜一の見る夢なので、いきなりボスキャラと遭遇なんて事態もありそうだ。

「なんか出ないかな。……おーい！　誰かいないかー！」

ヤケクソになって大声で叫んでみるが、誰も応《こた》えず、何も起こらない。

山に向けて進む足が鈍ってくる。どれだけ歩いても、先にある山は一向に近づいてこない。流石に少し疲れてきた。額に汗が滲《にじ》む。

手の甲で汗を拭い、その手を見つめた。

「……夢、なんだよな」

疲労感も拭った汗の感触も著しくリアルで、胸がドキドキしてくる。

「いや、夢だ。だってあるはずがないもの」

ドクドクと脈打つ胸を手で押さえ、夢なら早く覚めろ、覚めろと、今までになく真剣に祈った。

ビュウ、と風が鳴った。吹き抜けていく風の感触に、鳥肌が立つ。

違和感は今ある風景だけで、五感に訴えてくる感覚には現実みがあり、それが怖い。

いや。現実であるはずがない。夢だ。夢であってほしい。

不安な気持ちを抱きながら、竜一は空に浮かぶ二つの月を見上げた。

「……あれ？　なんだあれ」

大きいほうの月の表面に、黒い点が見える。

「さっき見たときは気づかなかった。模様かな……？」

見つめているうちに、その黒い点がだんだん大きくなっていく。こっちに近づいてくるようだ。

「模様じゃない。何か飛んでる」

よく見ると、それには翼が生えていた。水平に広げた羽を羽ばたかせることもなく、滑るように降りてくる。

鳥とは形状が違う。広げた翼は大きく、その下にある二本の足も鳥っぽくない。そして、身体の後ろには、長い尻尾がなびいていた。遙か頭上を飛んでいるが、かなりの大きさだということが、ここからでも分かる。

黙って見上げていると、更に近づいてきて、その姿がはっきりと見えてきた。頭の部分はこれもやはり鳥とは違い、ワニみたいな顔をしていた。色は濃い灰色で、月の光の加減で銀色にも見える。

長い尾に太い足、鈍色に光る身体と大きな翼、爬虫類《はちゅうるい》っぽい顔つき。

実際に見たことはなくても、竜一はあれを知っていた。

絵本やアニメ、またはファンタジーの映画で観たことがあるものだ。

「……ドラゴン？」

茫然と眺めている竜一の前に、それがドォンと地響きを立てて降り立った。砂埃が舞い上がる。

「うわ。でっけぇ」

二階建ての家一軒分ぐらいはありそうなドラゴンが、竜一を見下ろしていた。

金色の虹彩に、黒い瞳孔が縦長だった。近くで見ると、身体中が銀の鱗《うろこ》で覆われていた。一枚一枚が団扇ぐらいの大きさだ。口が耳まで裂けている。背中から尻尾までいくつかの隆起があり、そこが呼吸をするように波打っている。

「やっぱりいきなりボスキャラかよ！　てか、大物すぎねえ？　ほぼラスボスじゃないか」

突然目の前に現れた巨大な生き物に度肝を抜かれ、竜一は後退った。

弓は引くが狩りなどしたことがなく、第一今は道具がない。石や棍棒で太刀打ちできるとは到底思えない敵の出現に、竜一は絶望した。

「どうすりゃいいんだよ。逃げるか？　でも今飛んできたよな？　逃げたってすぐに捕まっちゃうじゃん。駄目じゃん。死んじゃうじゃん！」

大きな独り言を叫びつつ、竜一の身体は自然と逃げを打っていた。二歩、三歩と後退り、踵《きびす》を返して走りだす。逃げおおせるとは思えないが、戦う気力はまったくない。

夢から覚めるなら今だと思う。絶体絶命のこういうときに人は目覚めるものだ。お願いだ。起きてくれ、俺、と心の中で絶叫しながら走る竜一の上に黒い影が被さってきた。背後からドラゴンが迫ってくる。

「わあああ。食べないで！」

足がもつれ、竜一は地面に膝をついた。立ち上がろうと両手で土を掻く。

あわあわしながら振り返ると、ドラゴンがすぐ後ろにいた。竜一の顔を覗き込むようにして首を伸ばしてくる。細長い瞳孔がますます細まり、耳まで割れた口が開く。

真っ赤な舌と、ギザギザの鋭い牙が覗いている。

「……喰《く》うの？　喰っちゃう？」

戦きながら尋ねるが、ドラゴンは何も言わずにこちらをじっと見つめている。顔を近づけ、匂いを嗅ぐようにフンフンと鼻を鳴らし、次にはブホォオ、と息を吐いた。風が起こり、再び砂埃が舞う。

ドラゴンの息は、花のような甘い香りがした。

『……ようやくだ』

「え？」

グルグルと喉を鳴らす音に交じり、そんな声が聞こえる。

『待ちわびた』

再び言葉のようなものが聞こえ、竜一はドラゴンの瞳を見返した。

「今、なんか言った？」

竜一の問いに、ドラゴンが再び息を吐く。

「しゃべれんの？」

竜一は力の入らない足を必死に踏ん張り、立ち上がろうと苦心する。言葉が通じるのなら、交渉の余地がある。

「ちょ、ちょっと待って。タイム、タイム！」

どう交渉すれば見逃してもらえるのか、言葉も見つからないまま必死に休戦を申し出る。

「あのさ、あれ、あれ……そう！　俺、勇者でもなんでもないから攻撃しないで。戦う気ないし」

思いつく限りの言葉を並べ、敵ではないことを必死に説明する。

「俺とじゃ相手にならないよ。俺、武器も持ってないし、魔法も使えないし、本当弱いから！　メチャメチャ弱いから。鼻息で吹っ飛ぶぐらい弱いから！　な？　そんなのと戦ってもつまんないだろ？」

ようやく上半身だけを起こすことができ、身振り手振りをつけて、必死に説得を試みる。足はガクガクで、立ち上がれそうにない。どうやら腰が抜けてしまったらしい。我ながら情けない有り様だが、そんなことを言ってはいられない。とにかくこの場を凌《しの》いで逃げるしかないのだ。

ドラゴンは竜一の声が聞こえているのかいないのか、首を傾げたまま竜一を見つめている。縦長の瞳孔がさっきよりも少し太くなっていて、竜一の顔が映っている。睫《まつげ》が生えているのを見つけた。バッサバサだ。瞬きをしただけで、風が起こりそうだ。

そんなことを考えながらドラゴンの顔を見ていると、耳まで引き裂かれた口が、おもむろに大きく開いた。

「ひぃぃぃゃあああぁ！　やっぱり喰うのっ？　ちょっと待って！　待って、待って！　近寄るなよ。あっち行って！　来るなってばっ」

口を開けたまま迫ってくるドラゴンに向かって必死に叫ぶ。逃げようとしても身体が硬直して動かず、赤い口がどんどん近づいてくる。

「ぎゃあぁあああああ」

抵抗虚しく、竜一はぱっくり咥《くわ》えられてしまった。

掬うように竜一の身体を横から咥え込み、そうしながらバサバサと翼を動かしている。絶叫している竜一の身体を挟み、あむあむと二回ほど顎を動かし、ガッチリと固定した。

ふわりと身体が浮く。ドラゴンが飛んだのだ。地面がどんどん遠ざかっていくのが見える。

「うぇええええ！　飛んでるっ、離せ！　離して！　うそっ、離しちゃ駄目ぇええ、落ちるから！　怖いいぃ。やめてぇぇぇぇぇぇ」

咥えられたまま空を飛んでいる状況に、竜一はすっかりパニックだ。腹に歯が食い込んでいるが、転落の恐怖のほうが強くて痛さが分からない。

地面はすっかり遠くなり、もの凄く高いところを飛んでいる。二つの月が大きく見えた。

今まで様々な夢を見たが、ここまで臨場感のある夢は初めてだ。死ぬ。本気で死ぬ。

「もう嫌だ。ギブ！　ギブ！　早く目ぇ覚ませよ、俺。助けて。誰か。助けてぇぇええ」

頬に風が当たる。

さっき嗅いだのと同じ、花の匂いがした。


……目が覚めたと思ったのに、まだ夢の中にいるらしい。

灰色の岩肌を見つめながら、竜一は茫然としていた。

ドラゴンに喰われそうになり、そのまま空を飛んだ夢を見たのは覚えている。大学にいたはずが、気がついたら砂漠のど真ん中にいて、目の前に巨大なドラゴンが現れたのだ。

運ばれている最中のことはよく覚えていない。途中で気を失ったらしい。

「まだ夢の続きなのかな。それとも別の夢を見ているのか？」

さっきは砂漠のような場所にいたのだが、ここはまた様子が違う。天井も壁も床も、ゴツゴツとした岩でできていて、竜一は洞窟の中にいるようだ。

中は薄暗いが、割と広い空間みたいで、奥のほうから光が届いている。あっちが出口かと、光の射す方向に視線を送る。

僅かな明かりを頼りに目を凝らしていると、だんだん辺りが見えてきた。すぐ側に四角や円柱形の岩が置いてある。高さや大きさ的に、テーブルと椅子みたいだ。

竜一が今座っているのも平らな岩で、その上に干し草が敷き詰められ、目の粗い布が掛けてあった。目が覚めたらここに寝かされていたのだ。

「部屋って感じ？　随分原始的だけど」

洞窟の中を見回していると、光の射しているほうから音が聞こえてきた。ズ……ペタ、ズ……ペタと、何かが近づいてくる。

さっきのドラゴンだろうかと咄嗟に身構えるが、洞窟の広さを考えると、それは無理だと思った。だとしたらなんだろう。新しい敵キャラか？

身を固くして待ち構えていると、不思議な形状の生き物が現れた。

「え、なに……？　トカゲ？」

三角形の頭に割れた口、えらが張っていて、そのえらの周りがとげとげした鱗で覆われている。友人の飼っているフトアゴヒゲトカゲとそっくりだ。写真を見せてもらったから覚えている。写真で見たあのトカゲは掌に乗るぐらいのサイズだったが、今目の前にいるのはもっと大きくて、人間の五歳児ぐらいだ。

そして自分が知っているトカゲと決定的に違うところがある。何故ならそれは、二本足で立っていたからだ。長い胴を縦にして、短い足二本で進んでくる。尻尾でバランスを取りながら、器用に歩いているのだ。

それに、恰好もおかしかった。トカゲは何故か頭に草で作った冠を被っていた。身体にも何か着けている。巨大な猫じゃらしのようなふわふわの草を、スカートのように巻き付けていて、背中にも同じ草で編んだものを背負っていた。マントのつもりなのか。

尻尾を引き摺りながら歩いてくるからこんな音がするのだなと、ゆっくりとこちらに近づいてくるトカゲを眺めた。竜一は毛のある動物が好きで、実家でも猫を三匹飼っている。爬虫類はそんなに得意でもないが、ヨチヨチと歩いてくるトカゲはつぶらな目をしていて、ちょっと可愛らしい。

竜一のすぐ側までやってきたトカゲが、手に持っていたものを差し出してきた。巨大なクルミの実を半分に割ったような容れ物に、液体が入っている。

「くれんの？　飲んでいいのかな」

竜一はありがたくそれを受け取り、素直に口に運んだ。器になみなみと盛られた液体を見て、喉が渇いていたことを思い出したのだ。透明の液体はほんのりと甘い味がして、とても美味しい。

喉を鳴らし、一気に飲み干す。器が大きいので、十分に渇きが満たされ、生き返った気分になった。

「ありがとう。美味しかった。ここ、どこなんだろうな。なんで俺はここにいるんだろう？」

通じるかどうかは分からないが、一応話しかけてみた。さっきのドラゴンもなんだか言葉らしいものを発していたし、このトカゲにも知性がありそうだ。服っぽいものも着ているし。

「君が俺をここまで運んでくれたの？」

竜一の問いに、トカゲが首を傾げた。その仕草がさっきのドラゴンと似ていた。

「あのドラゴン、君の仲間？　君も空を飛ぶの？」

このトカゲはまだ子どもで、成長したらあんなふうになるのだろうか。というか、ドラゴンってトカゲの進化形なのか？

再び聞いてみるが、トカゲは話さず、「キュイ」と喉が鳴る音がした。

「……通じないか」

やっぱり無理かと諦め、持っていた器をトカゲに返す。

「さて、どうしたもんか」

取りあえず命は助かったようだが、ここがどこだか分からない。これからどうしていいのかも分からず、竜一は途方に暮れた。

なんとなく、……ここは夢の中の世界ではないんじゃないかなと、竜一は考え始めていた。

「いや、信じられないけどさ。信じたくないけど。……でも、なんというか、リアルなんだよなあ」

今飲んだジュースのような液体の味も、ずっと感じている疲労感も、手に触れるもの、見るものすべてに現実感がありすぎる。

なによりも、自分の中に流れる感情や思考が、あまりにもはっきりしていて、夢と結論づけることに違和感があるのだ。

「なんか変なんだよな。変っていうか、この状況は間違いなく変なんだけど、夢だと思うほうが、しっくりこないっていうか……」

モヤモヤしたものに包まれたまま、明瞭な答えも得られずに、竜一は頭を抱えた。

言葉では説明しがたく、だけど夢だ妄想だと思い込もうとすればするほど、別のところでこれは現実だと、五感が訴えてくるようだ。

『……それは、おまえがもともとこの世界に存在すべき者だからだ』

「え？」

どこかから声が聞こえ、竜一は顔を上げた。目の前には飲み物を持ってきてくれたトカゲが首を傾げたままこっちを見ている。

「今しゃべったの、君？」

『そうだ』

つぶらな瞳が竜一を見上げている。

「いや、違うよね」

『いや、私だ』

「いやいやいや。絶対違うよね。だって口動いてないもん」

声は確かに聞こえるが、目の前にいるトカゲがしゃべっていないのは一目瞭然だ。

「誰？　他に誰かいるの？」

『いない。話しているのは私だ。おまえの目の前にいる』

トカゲを凝視すると、竜一に見つめられたトカゲがキョトキョトと顔を動かした。表情は変わらないが、困っているように見える。

「本当に君がしゃべってるの？」

『そうだ』

「ふうん……」

半信半疑で相槌《あいづち》を打つと、トカゲはますます落ち着かないようにして、パクパクと口を動かしてみせた。喉から「ギュゥ……」という音がする。話し声とはまったく違う声音だ。

「……分かった。君の名前はなんていうの？」

トカゲの顔を覗き込みながらそう聞くと、『ジジだ』という声がした。遠くから。

「そう。じゃあ、ジジ、教えて。俺がここに存在すべき者っていうのは、どういう意味？」

『そのままの意味だ』

「そのままの意味って。意味分かんないよ」

『自ずと理解するだろう』

声はジジとはまったく違うところから聞こえてくる。ジジは一生懸命口を動かしているが、声と口の動きがひとつも合っていない。これでは出来の悪い腹話術だ。

「で、ここはどこなの？」

『モルド』

竜一の質問に間髪を容れずに答えてくる。

「モルド？　国の名前かな」

『違う』

「違うって？」

『国ではない』

「じゃあモルドって何よ」

『モルドはモルドだ』

「……ああ、ここの世界全体っていう意味なのかな」

『そうだ』

答えてはくれるが、なんというか、親切じゃない。こっちは現状がまったく分からないのに、ただ聞かれたことに答えるだけで、説明しようとしてくれないのだ。

「ええと」

疑問はたくさんあるが、何を聞けばいいのか自分でもよく分からない。

「それで、俺がここに存在すべき者っていうのは、なんなの？」

『その通りの意味だ』

「だからその意味が分かんないんだってば」

『自ずと分かるようになる』

話が堂々巡りで全然進展しない。目の前のジジは、声とは関係のないタイミングで口を動かしているし、その声は明らかに洞窟の外から聞こえてくる。

「なんでこんなまどろっこしいことするのかな」

姿を現さないのには事情があるのかと、気を遣って合わせてみたのだが、だんだん面倒くさくなってきた。

「ちょっと声の主さん、ちゃんと顔を見て話がしたいんだけど。もしかして、さっきのドラゴン？　俺を咥えて飛んでった」

なんとなくそんな予感がして聞いてみる。相手が答えないから、そうなんだと確信した。不思議と恐怖は湧いてこない。

咥えられて飛ばれたときには驚いて絶叫したが、結局竜一は無事でいる。それに、目の前にいるジジの佇まいといい、洞窟のベッドに寝かされていたことといい、相手に敵意を感じないのだ。

「さっきのドラゴンなんでしょ？　ここが狭いから入れないの？　それなら俺がそっちへ行こうか」

『いい。来なくていい』

「ほら、やっぱり外にいるんじゃないか」

『……』

竜一はベッドから下りた。ジジの前を通り過ぎて、洞窟の出口に向かう。

外に出ると、一気に明るくなった。見上げれば、やはり二つの月が浮かんでいた。眼下に砂漠が見える。ここは山の上で、かなり高いところにある。

驚いたのは、周りに草木が生えていることだ。砂漠は遙か遠くまで続いているが、山の麓《ふもと》付近には緑の森があった。今竜一が立っている地面も砂や砂利ではなく、黒土だった。辺りは草に覆われ、花も咲いていた。

さっき砂漠から見た山は岩山だったから、ここはまた別の山の上らしい。随分遠くまで運ばれてきたようだ。

久々に見た緑の木々に一瞬心を和ませ、それから竜一は視線を巡らせた。

洞窟から少し離れた場所に大きな木が生えていて、その木の後ろへ隠れるようにして誰かが立っている。

周りを見回したところ、例のドラゴンの姿はない。そうすると、さっきから竜一と会話を交わしていたのは、あの木の陰にいる者なのか。予感が外れて、どういうわけか竜一はガッカリした。

身体は隠れて見えないが、ひらひらと白い布がはためいていた。ジジは草を着ていたが、あっちは布の服を着ているようだ。ジジと同じくトカゲっぽい姿形をしているのだろうか。

木に近づこうとすると「来るな」とそれが言った。声は確かに聞き覚えのあるもので、ジジに口パクをさせてしゃべっていたのはやはりこいつだ。

「行ったら駄目なの？」

「駄目だ」

「見ちゃいけないのかな。呪いが掛かるとか」

「そんなことはない」

「じゃあなんで？」

「……恐ろしいだろう」

木の後ろから低い声がした。

「恐ろしいって、俺が？　俺、怖くないよ？」

事情が知りたいだけで、攻撃しようとは微塵《みじん》も思っていない。

「そうではない」

相変わらず応答が簡潔すぎて、なかなか話が進まず、意味も不明だ。

「じゃあ、何が恐ろしいのかな」

「おまえが言った」

「え、俺？」

驚いて聞き返すと、「そうだ」と返事がきた。低い声は心なしか恨みがましく聞こえる。

「近寄るなよ、あっち行ってと、おまえが言った」

「え……」

そんなことは言った覚えがない……とは言えない。そうだ、確かに言った。だけどそれは今木の陰に隠れている者にではない。竜一を攫《さら》ったドラゴンに対して言ったのだ。

「来るなと泣き叫んだではないか」

唸《うな》るような低い声は怨嗟《えんさ》に満ちていて、相当根に持っているようだ。

「いや、泣き叫んだとか、そこまでじゃないよ。……ていうか、やっぱりさっきのドラゴンなのか？」

こんな木の陰に隠れられるような大きさではないはずだが、今の会話の通りなら、彼があのドラゴンだということになる。

「なあ、ドラゴンなんだろ？」

「ル・デュラだ」

木の向こうから機嫌の悪い声がする。

「え。ああ。名前かな」

「そうだ」

「分かった。ル・デュラ。さっきはごめん。悪かったよ。あっち行けとか、きついこと言って。驚いちゃってさ」

砂漠に一人で放り出された竜一を、ル・デュラは助けてくれたのかもしれないのだ。それなのに、罵詈雑言《ばりぞうごん》を浴びせたのは、失礼だったと思う。

「パニックになってあんなことを言ったのは悪かった。ル・デュラは、俺を助けてくれたんだよな」

「違う」

「え、違うの？　じゃあ、なんで俺を咥えて飛んだのよ」

「迎えに行った」

「俺を？」

「そうだ」

言葉が短すぎて埒が明かない。おまけに顔が見えないからやりにくい。

「ね、出てきてくれないかな。顔を見せてよ。さっきは本当に悪かったから。ごめんなさい」

「……怖がらないか？」

木の陰から窺《うかが》うような声がする。竜一に拒絶されたことに、よほど傷ついたらしい。

「絶対に怖がらない。大丈夫。もう落ち着いたから」

誠心誠意謝り、姿を見せてくれともう一度お願いしたら、ようやく彼が木の陰から出てきてくれた。

現れたのは、あの山のようなドラゴンではなく、ジジのような小型のトカゲでもなく、竜一と同じ、人間の姿を持つ男の人だった。

白い布を纏《まと》った男が、竜一を見下ろすように立っている。

「うわ、でっか！」

一七五センチの竜一よりも頭二つ分は大きく、二メートル以上ある。癖の強そうな黒髪が腰まで伸びていた。顔に鱗はなく、なめらかな白い肌をしている。

瞳の色も黒く、瞳孔も竜一と同じように丸い。長い睫が影を作っていて、そういえばドラゴンの姿のときにも、瞬きしたら風が起こりそうだと考えたことを思い出した。

彫りの深い顔つきは、日本人には見えない。かといってゴツいわけではなく、とにかく整っていて、彫刻のようなという形容がそっくり当てはまる。竜一もどちらかというとはっきりした顔立ちをしていて、ふわふわの髪とアーモンド型の目を持っていた。色素も薄く、日本人っぽくないとよく言われる。アイドル系だとか、イケメンだとかもてはやされるが、この程度でいい気になってごめんなさいと謝りたくなるほどの、端整な顔をしていた。

「……さっきのあのドラゴンなのか。凄く恰好良いね」

完全無欠といえるような美形のル・デュラだが、ただ一つ、彼には異様なオプションがついていた。古代ギリシャ人のような白い布を纏っている彼の右腕は、人間のものではなかった。左腕は竜一と同じ人間の腕だが、もう片方には、腕全体にびっしりと銀色の鱗が生えている。五本の指には、長く鋭い爪が生えていた。

身体も顔も人間のものなのに、右腕だけがドラゴンのままなのだ。

「ええと。それは？」

右腕を指して竜一が聞くと、ル・デュラは「腕だ」と答えた。

「いや、それは分かるけど。なんでそこだけ別なの？　ワンポイント的な感じなのかな？」

ジジも奇天烈な恰好をしているから、この世界でのおしゃれ要素なのかもしれない。

「わんぽいんと」

ル・デュラが竜一の言葉を反芻し、僅かに首を傾げる。

「……うーんと、こう、こだわりがあって、わざとそういうふうにしているのかなって」

「こちらの腕だけスールに変化できないから、ドランのままだ」

聞き慣れない言葉が耳に入り、「スール？　ドラン？」と聞き返すと、ル・デュラは自分を指し「スール」と言い、次に鱗のある腕を指し、「ドラン」と言った。

一問一答を繰り返し、長い時間を掛けて聞き出したところによると、『スール』とは、竜一のように人間の恰好をしている者をそう呼び、さっきのドラゴンやジジのような姿の者を、『ドラン』と呼ぶようだ。

そして、環境に応じてドランになったりスールになったりと、変化できるらしい。だが、右腕だけは自分のものではないからスールになっても変えられないのだという。

「自分の腕じゃない？　なんで？」

「千切れてなくしてしまった。だから代わりの腕を付けたのだ」

涼しい顔をしながら、とんでもないことを言っている。

「……そうなんだ。まあ、……うん。そんなこともあるんだろうね。よく分かんないけど」

事故で失った指を手術でくっつけたという話もあるし、臓器移植というものもある。それに彼はドラゴン、……もとい、ドランという種族らしいから、腕を付け替えるのも普通にありなのだろう。

ル・デュラとの会話は相変わらず一問一答で、だいぶ時間が掛かるが、話しているうちにだんだんと慣れてきた。不機嫌そうだった声音も穏やかになり、竜一の質問には、淡々としながらも律儀に答えてくれる。

「じゃあ、さっきのジジもスールになれるの？　ル・デュラみたいに」

ジジが人の姿になったらどんなふうになるだろう。見てみたい。

「いや。私だけだ」

ここモルドの中で、ドランとスールの両方に姿を変えることができるのは、彼一人だと言った。

「私はドラン族の王、ル・デュラだから」

そう言って、ル・デュラは、僅かに胸を張った。

「父、ラ・デュラの血を受け継ぎ、スールの民とドランとの架け橋となる役目を持つ」

「へえ。そうなんだ。凄いね」

軽々しく相槌を打ちながら、なるほどね、と納得した。

大きな身体で泰然と佇むル・デュラは、確かに王様然としている。ドランのときにはあれほど迫力のある姿なのだ。きっと立派な王様なのだろう。

「じゃあスールの民っていうのも、モルドにはたくさんいるんだ？　俺や、今のル・デュラみたいな姿をした人たちが」

「ああ、いるぞ。遠く山の果て側に住んでいる」

そう言って、ル・デュラは二つの月の浮かぶ空の向こうを指さした。

「これからは竜一と私、ル・デュラの二人で、スールとドランとの架け橋となるのだ」

高らかに宣言され、竜一は「え？」と、素っ頓狂な声を上げた。

「なんで俺が？　っていうか、俺の名前を知ってるの？」

名乗った覚えがないのにと、驚く竜一にル・デュラは当然だというような顔をしてこっちを見た。

「知っている。おまえのことはなんでも知っている」

「マジで？」

「まじでとはなんだ」

「ええと、本当に？　っていう意味」

「本当だ」

「でも、なんで？」

「知っているからだ」

相変わらず言葉が簡潔すぎて、話が見えない。

「おまえは私に会うために、ここへ来たのだろう」

「いや、自主的に来たわけじゃないので」

「さあ、二人でこのモルドを守っていこう」

「話聞いて？　俺にはここを守る義務はないの。あなたは王様だからそうなんだろうけど、俺は違うし、関係ないわけだから」

「関係はある。おまえは私の番なのだから」

当たり前のような声でそんなことを言われ、竜一は「は？」と聞き返した。

「番って何よ」

「番は番だ。伴侶ともいう」

平然と言われ、竜一は笑いながら手を振って「それはない」と言った。

「そうなのだ。決まっていることだ」

「ちょっと。勝手に決めないでくれる？」

「私が決めたのではない。私が生まれる前からこれは定められていた。私はおまえが私のもとへ戻ってくるのを待ちわびていた。ようやくその時がきたのだ。……竜一」

穏やかで、深い声を出し、ル・デュラが竜一の名を呼んだ。

そんな男前な声を出されても、はいそうですかと納得できるものではない。

「おまえは私の番だ。おまえの右腕には、私と番だという証拠の印があるだろう」

腕のことを指摘され、竜一は目を見開いた。

腕に絡まる蔦模様。ル・デュラは竜一の痣のことを指し、それが印だと言っているのだ。

「俺のこの痣が、番の印？」

「そうだ。さる占い師が言った。対の紋様を持つ者同士が生まれ、やがてその者たちは番となり、スールとドランを繋ぐ架け橋となるであろうと」

「じゃあ、ル・デュラにも同じ印があるんだ」

ル・デュラは竜一の目を見つめたまま、ゆっくりと頷く。

「二人は定められた番なのだ」

堂々とした声でル・デュラが言い、さあ、と腕を伸ばしてくる。口元には笑みが浮かんでいて、精悍な面差しに温かみが加わる。

「おまえを待っていた。これからはここモルドで、互いに手を取り合い、生きていこう」

超絶美形からの勧誘に、ついフラフラとその手を取ってしまいそうになり、竜一はハッとして伸ばしかけた手を引っ込めた。

「いや。だって……。そんなことを急に言われても、信じられるわけがないじゃないか」

「私は嘘《うそ》を吐《つ》かない」

「ちょっと待って。分かんないよ」

ル・デュラの説明は説明になっていないし、頭の中がゴチャゴチャで、全然整理がつかない。

「おまえの戸惑いは分かる。だが、すぐに馴染んでいくだろう。ここはおまえの故郷だ」

「故郷じゃないよ」

「いや、おまえはスールの民だ。だから今、おまえはここにいる」

ル・デュラが言うには、竜一はもともとモルドに生まれるはずだったスールの民であり、それがある手違いで、生まれる前に別の場所へ飛ばされてしまったのだという。長年竜一の出現を心待ちにしていたル・デュラは、竜一が生まれたことを知っていたが、住む世界が違うために迎えに行くことができず、竜一がこちらへやってくるのをずっと待っていて、ようやく出迎えることができたのだと言った。

「じゃあ、俺は自分からここへ飛んできたってこと？」

「そうだ。おまえはあるべき場所に戻ってきたのだ。だから何も心配せず、私にすべてを委ねればいい。おまえを迎える準備は整えてある」

なにしろ三百年の間、ずっと竜一のことを待っていたのだからと、ル・デュラが言う。

「三百年？　ル・デュラって三百年も生きてんの？」

「いや、もっとだ。五百年以上はここにいる」

「ドランって、もの凄い長生きなんだ」

「スールの民にもそういう者がいる。『初《しょ》の種族』はドランほどではないが、長命だ」

「初の種族……？」

また聞き慣れない言葉を聞いた。

スールには二つの種族がいて、彼らは魔力を持ち、術を操るのだそうだ。

「へえ」

そろそろ話についていけなくなってくる。

「彼らは火を操り、幻惑を誘い、未来を予測する。だが、既にこの世から消え去った」

もともと稀少《きしょう》な存在の初の種族は、長い歴史の中でどんどん数が減っていき、今ではもう一人も残っていないらしい。ル・デュラが語った「さる占い師」というのも、その稀少な初の種族の一人で、モルドの遠い未来を予言したのだという。

「じゃあ、俺はその初の種族の生き残りっていうこと？」

「違う」

「なんだよ。長生きできるんじゃないのかよ」

「私と契ればおまえもそうなる」

「へえ。ル・デュラと契れば……って、え？」

サラッと聞き流しそうになり、途中で気づいて仰天する。

「番なのだから当然だろう」

「番……えー、もう意味分かんない」

「おまえは私と未来永劫、仲睦まじく暮らすために、私と契るのだ」

「契るのだ……って」

話が突飛すぎて、もはや竜一のキャパを超えている。

「……長い年月だった。私はこのときを待っていた」

ル・デュラが感慨深い声を出し、空を仰ぎ見る。

「おまえの成長していく様を、時折眺めていた」

「マジで？」

「まじで」

説明する能力は欠如しているが、竜一の話す言葉を即座に取り入れるぐらいには学習能力の高さを持つル・デュラだった。

「どうやって？」

「水晶で」

ル・デュラのもとには魔力を閉じ込めた水晶があり、代々伝わる大切な宝なのだという。

「占い師の予言に基づき、我が祖先が作り上げた。水晶に番が映し出され、やがてドランとスールの中に宿ると」

スールの民に宿るはずだった竜一は、何故か地球に生まれ落ちてしまい、その様子を水晶から眺めていたのだとル・デュラが言った。

「我が祖先の作り上げた水晶は絶大な魔力を持つ。従っておまえのことならなんでもお見通しだ」

「俺、覗き見されていたの？」

「そうだ」

なんら悪びれることなく肯定され、何を見たのだと問いただしたいが、聞くのが怖い。

「では納得したな」

ル・デュラがこれで万事解決だとでもいうような声を出し、再び「さあ」と、手を差し伸べてきた。

竜一としては、何一つ納得していないのだが。

「子をたくさん作ろう。励むのだぞ」

「うえっ？」

納得していない上に、更に驚愕《きょうがく》の一言を聞かされ、変な声が出た。

「子孫繁栄は我々の重大な役目の一つだ」

「我々とか言ってるし」

「当然だろう。番なのだから。おまえと私とでこの偉業を成し遂げるのだ」

意気揚々と異常なことを言っている。

「ちょっと待って。子ども作るって、無理だよね」

「無理ではない」

「いや、無理だって。俺もル・デュラも男だろ。え？　男だよね？」

「そうだ」

「じゃあ無理じゃないか」

「ドランの王は相手の性別に関わらず、子をなすことができる。王たる者の義務であり、王の証しだ」

「なんだその特殊設定は」

「だが、私は竜一以外の者と契るつもりはない。おまえを唯一の番とすることを誓い、おまえ一筋に生きてきたのだから」

「凄い殺し文句だね」

「だから安心して私の子を産むがいい」

「俺が産むのかよ！」

繰り出される短い言葉がいちいち爆弾発言で、驚愕の連続だ。

「さあ納得したな」

「いやいや。全然」

「何故だ」

何故って、何もかもがあり得ないからだ。

桜庭竜一という人間として両親のもとで育ち、今は一人暮らしをしながら大学に通っている、ごく平凡な学生だ。それが、気がついたらまったく知らない場所にいて、山のようなドラゴンに連れ去られ、おまえはもともとここの人間だ、番だ、スールの民としてここで生きろなどと言われ、信じられるわけがない。

ましてや子どもを産めだなんて言われて、同意できるはずがないではないか。

「嫌だよ、そんなこと」

「……私を拒絶するのか」

ル・デュラが絞り出すような声で問うてきた。

「三百年の間、私はおまえを迎えることのみを考え、今まで過ごしてきたのだ」

声に必死さが籠もる。長年待ち続けた番の拒絶に、明らかに動揺している。

ル・デュラの話が真実ならば、気の毒なことだとは思う。三百年というのは、とてつもなく長い年月だ。なんの手違いなのか知らないが、番になるはずの相手が現れず、迎えにも行けずにただ待つしかできないというのは辛いことだったろう。

だけど、それはル・デュラ側の都合であって、竜一にとっては与《あずか》り知らないことなのだ。

「ル・デュラにとっては、三百年前から納得済みのことなんだろうけど、でも俺はたった今聞かされた話なんだよ。前世の記憶とか、そういうのもないし」

「前世ではない。竜一は三百年前から唯一の存在だ」

「うん。だからね、そういうことを言われても、全然ピンとこないのね。信じるとか信じないとかの前に。まあ、信じられないいんだけどさ」

「しかし事実だ。……何故だ。何故拒絶する」

番の出現をずっと待っていたル・デュラは、相手が拒絶することなど考えていなかったのだろう。

竜一を見つめる瞳には、驚きと失望が混じっていて、そんな顔をされると、竜一の胸も痛んでしまう。

それでもやっぱり信じられない。……たとえ信じたとしても、このル・デュラという人物を、自分の生涯の伴侶として受け容れるなど考えられない。

「ねえ、番だ定めだって言うけどさ、それ、本当に俺なのかな。間違いってことはない？」

ル・デュラの瞳が大きく見開かれる。

「間違いなどあるはずがない。水晶に映し出されたのはおまえだ。なによりも、おまえの腕には番の印がある」

「ああ、これか……」

パーカーとTシャツの袖を一緒に捲り、右腕の痣を確かめる。

「あれ？　色が濃くなってる。それに成長しているような……？」

ところどころ濃淡があったが、ここまで濃くはなかった。それに、薄墨色だったものが、今はもっと濃くなり、緑色に変色していた。まるで本物の蔦のように竜一の腕の上を這っている。朝に見たときには肘までだった蔦が、前腕の半分ほどまでに伸びていた。

「故郷に戻ったことにより、力が増したのだ」

ル・デュラが言った。「これが紛れもない証拠だ」と、竜一を見つめる。

「美しいな……」

そう言って、左手の指で竜一の腕の模様をなぞってきた。

「ル・デュラにも同じものがあるんだよね」

左腕にそれは付いていないから、身体のどこか別の場所にあるのかと思って聞いたら、「あぁ。あった」とル・デュラが答えたので吃驚した。

「え、過去形？」

「今はない。腕が取れてしまったから」

ル・デュラがドランの腕のままの右手を掲げ、「ここに同じ模様があった」と言う。

「ちょっと待って。……じゃあ証拠がないじゃないか」

互いに番の印があるからそれが証拠だと言っておいて、自分にはないという。

「腕が取れる前にはちゃんとあったのだから、それが証拠だ」

「言葉でいくら言ってもね、物的証拠がないと駄目なんだよ」

「私は嘘を吐かない」

「嘘を吐かないっていう嘘を吐く人もいるから、証拠が大事なんだけど。……っていうか、なんなんだよ、いったい」

あまりのことに、脱力した。堂々巡りをした挙げ句に、振り出しに戻ったような気分だ。

ル・デュラが嘘を吐いたとは、竜一も思わない。お調子者で楽観的な竜一だが、一応人を見る目はあるつもりだ。ル・デュラは、言葉は素っ気なくても、態度に誠実さが十分表れている。

だけど、今目の前に提示できないものを昔あったからといって、鵜《う》呑《の》みにしろというのは流石に乱暴だと思うのだ。ここモルドでは通用しても、竜一の今まで生きてきた世界では到底通らない話だ。

「あんだけ番だ、印が証拠だって力説しといて、自分にそれがないとか……全然駄目じゃん」

竜一の呆れた声に、ル・デュラが「駄目……だと……？」と言って仰け反った。顔には驚愕の表情を浮かべている。

「私が番では不服だというのか」

仰け反ったまま二歩、三歩と後退り、すぐ側にある木に手をついた。

「私のどこが駄目だというのだ」

「あ、いや、ル・デュラが駄目なんじゃなくて、ええと……」

どう言えば納得するのかと言葉を探している竜一の前で、ル・デュラが「……何故だ」と呟き、ブルブルと震えている。ル・デュラに寄りかかられた木がキシキシと音を立てた。ドランのままの腕に力が入り、爪が木に食い込んでいる。

「あの、ル・デュラ、そんなに落ち込まないで。ただ、あまりに急な話だから。俺だって混乱してるんだよ。だって、いきなり番だとか、子を産めとか言われても、それは無理な話だろう?」

慌てて慰《なぐさ》めにかかるが、ル・デュラは「拒まれた。無理だと……」と呟き、ますます指を幹に食い込ませていく。

「ル・デュラ」

「ただひたすら竜一の訪れを待っていたというのに」

「ちょっと、なあ、落ち着いて」

「私を番として駄目だと……なんということだ」

「言ってない。言ってないから」

「これほどの失望は今まで味わったことがない。世界が終わりを告げようと、私は今ほど絶望しなかっただろう」

「大袈裟だって」

ミシミシと音を立てて太い幹が変形していく。絶望しながら怪力を発揮しているル・デュラの様子に、矛先が自分に向いたらヤバいのではないかと、竜一は危機感を持った。今度こそ喰われてしまうかもしれない。

「あのさ、だから、急すぎてすぐには消化できないっていうか、時間が欲しいんだよ。ル・デュラが駄目だなんて言ってない」

幹をもぎり取る勢いのル・デュラに向けて懸命に話しかける。

「ほら、俺にも覚悟がいるだろ？」

「……覚悟」

身体を震わせながら、ル・デュラがくぐもった声を出した。

「そうだよ。だって、ほんのついさっきまで普通に暮らしていたんだ。すぐには切り替えられないよ。分かってくれよ」

「覚悟ができるまで待てというのだな」

ル・デュラの問いに、竜一は「あ、……ええと、……ぅん」と、返事をするしかない。この状況で、いつまで待っても覚悟なんかできないなんて言ったら、大惨事になりそうな予感がするからだ。

しばらく木にしがみついていたル・デュラは、やがてゆっくりと身体を起こした。手が離れた木の幹には、ル・デュラの指の跡がくっきりと残っていた。

「分かった。おまえの覚悟ができるまで、待つことにしよう。三百年待ったのだ。今更急ぎはしない」

そう言ってル・デュラが、静かに近づいてきた。

「ゆっくりと覚悟を決めるがいい」

真っ黒な瞳に竜一の顔が映る。

二メートル超えの巨体を持つ男の顔は途方もなく美しく、五百歳というわりには、幼子のように純粋な表情を浮かべていた。


竜一がモルドへ飛ばされてきてから三日が経った。

目覚めるたびに、自分の部屋のベッドの上なのではないかと期待しながら目を開けるが、そこは暗い洞窟の中だった。夢からは未だ覚めず、そろそろ現実として受け容れなければならないようだ。

干し草のベッドの上でボウッとしていると、ズ……ペタ、ズ……ペタ、というジジの足音が聞こえてきた。どうして竜一の起きるタイミングが分かるのか不思議なのだが、ジジは竜一が目覚めるのとほぼ同時に、こうして部屋にやってくる。

ベッドの上で身体を起こして待っていると、ジジが明かりを運んできた。

電気があるわけではなく、それは火の点いた石だった。竜一のいた世界でいう泥炭《でいたん》と似たもので、火を点けると随分と長く燃えてくれて、しかも炎がとても明るい。それを石の皿の上に置き、その周りを水晶のような透明の石で囲い、それがランプとなっている。

明かりが点いて気がついたことだが、洞窟の壁には幾《いく》つもの穴が掘ってあり、それが棚の役目をしていた。棚には素焼きでできた水差しや、木の実を割ったカップ、今ベッドに敷いてある布と同じものなどが入っていた。それから、着替えのための服も何着か置いてあった。ル・デュラの着ていたものと少し違い、上下が分かれていて、ダボダボのパンツと、上衣は前で合わせる仕様になっている。日本の甚平《じんべい》や作務衣《さむえ》に近い。

椅子もテーブルもベッドも、その他の生活用品も、きっとル・デュラが用意したのだろう。竜一を迎える準備をしていたというのは、本当のことらしい。

ジジが壁の棚に持ってきたランプを置いた。

「おはよう。今日も素敵な衣装だね。お、花のワンポイントか。可愛いな」

今日もジジは巨大猫じゃらしの服を着ていた。草冠には赤い花が挿してある。

竜一の話しかけに、ジジが「キュィ」と返事をした。ジジ自体はしゃべらないが、竜一の言っていることは分かるらしい。短い腕で、冠にある赤い花を触っている。

「ル・デュラはパトロールから帰ってきた？　外に出られるかな」

竜一が聞くと、ジジが「キュルルル」と返事をした。帰ってきているようだ。

二つある月のうちの大きいほうが消え、辺りが薄暗くなるのがモルドの夜だ。一日の周期は竜一が住んでいた世界とそう変わりなく、夜の時間が少し長いくらいだ。そしてその間中、ル・デュラはドランの姿になり、モルドをパトロールして回る。

ドランは大型から中型、小型と様々な種類があり、モルドの広い範囲で自由に暮らしている。ル・デュラは王として特別な存在だが、他にも王族のドランたちがおり、一般のドランにはない特殊な能力を持っている。そのなかにはル・デュラと同じように翼を持つ者もいて、手分けをしてこのモルドをパトロールして回っているのだ。あちこちに散らばっているドランの安否を確認し、困ったことが起これば助ける。ドランの王族の、大切な仕事の一つなのだそうだ。

ル・デュラがいない間は洞窟から出るなと言われている。竜一も慣れない土地で危険な目には遭いたくないので、素直に従っている。

「でも退屈なんだよな。テレビもパソコンもないし、本もない。ジジは夜の間はどうしているのかな。寝てるの？」

竜一の質問にジジが答えるが、キュイキュイと聞こえるだけで、何を言っているのか分からない。話が通じるのはル・デュラだけだが、顔を合わすたびに「覚悟はできたか」と聞かれるのが辛い。気長に待つと言ったのだから、あと三百年ぐらい待ってほしいものだ。

男の竜一でも見惚れるような綺麗《きれい》な顔をしているル・デュラでも、竜一の恋愛の対象にはならない。ましてや自分が妊娠して子どもを産むなど、考えたくもない事案だ。

今までの経験のなかで、デートをしたり、ちょっといいなと胸をときめかせたりした相手は、すべて女性だった。見た目がけっこう派手なので、交際を申し込まれたり、またナンパや合コンの目玉商品扱いをされたりすることの多い竜一だが、恋愛経験はそう多くない。深い関係になる前に付き合いが消滅してしまうのは、竜一の精神年齢が、未だ成熟していないからだと思っている。緊張しながら女の子と一対一で会うより、仲間同士でわちゃわちゃ遊ぶほうが、今のところ断然楽しいからだ。

そんな竜一を相手に、ル・デュラは、なんの躊躇もなく番だと言って迫ってくる。竜一の覚悟さえ決まれば、すぐにでも契りを交わすようなことを言っていた。

「契りってセックスのことだよな。……無理だよ、それは。よくもまあ、簡単に言ってくれるよ。あっちだってさ、決まり事だからって凝り固まっているだけで、別に俺を好きなわけじゃないんだろ」

定められた番だとか、占い師の予言だとか言っていたが、そこにル・デュラ自身の気持ちはない。そんなことに振り回されるのはごめんだ。

「だいたい、今のこの状況が夢じゃないってことを理解するだけで精いっぱいなんだよ」

先のことを考えられる余裕などないというのに、まったくせっかちで困ると、竜一はジジに向かって文句を言い募る。

ただ、不思議なのは、これほどの異常な境遇に陥っているのにも関わらず、自分が案外平静でいられることだ。

弓道を嗜《たしな》んでいるので、正射必中の教えのもと、日頃から鍛錬をしていたが、だからといって強靱《きょうじん》な精神力を持っているかといえば、そんなことはない。トラブルに見舞われればみっともなく狼狽《うろた》えるし、怖いのも痛いのも苦手だ。

最初にドランの姿のル・デュラと遭遇したときは、流石に慌てふためいたが、それ以降は普通に話している。話を聞いて混乱しながらも、今の状況をすんなりと受け容れているのも事実だ。脳天気だなあと呆れながら、同時に腑《ふ》に落ちない思いが湧く。

お調子者だという自覚はあるが、異世界に飛ばされてきたというのに、パニックも起こさず、しかも洞窟での生活になんとなく順応している自分はなんなのだろう。大学に通うために一人暮らしを始めたときのほうが、よほど不安だったような気がするのだ。

元の世界に帰りたいかと聞かれれば、もちろん帰りたい。竜一が急にいなくなって、周りはパニックになっているはずだ。両親と、今年高校生になった妹だってきっと心配している。

それを言ったら、ル・デュラは、竜一がいなくなれば、いないなりの世界が構築されるから大丈夫だという。自分のいない世界なんて想像できないが、だけどもしそうなら、自分が消えたことで家族が嘆き悲しむ事態にならないのかと思うと、安心もするのだ。ちょっと寂しい気もするけれど。

きっと帰るのは無理なんだろうなと、どこかで諦めている自分がいた。そして、それを考えるときに、嘆き悲しむほどの郷愁《きょうしゅう》を感じていないことに愕然とする。

「俺って薄情なのかな。それとも……」

ル・デュラが言っていた、竜一はもともとこの世界に存在すべき者だという言葉が、今の竜一の心の持ちようを裏付けているようで、却って落ち着かない気持ちになるのだった。

「ここが俺の本当の故郷なのか?」

言葉の分からないジジを相手に、勝手にしゃべり続ける。ジジはいつものように三角の頭をほんのちょっと傾げて、相槌を打つように「キュィ」と鳴いた。

出ていこうとするジジの後ろについて、竜一も洞窟の出口に向かう。

外へ出ると、ル・デュラが出迎えた。ドランの王といっても、城があるわけでもなく、この山のどこか別の場所に寝床があるらしい。そして朝になると、竜一のところへやってきて、食卓へ案内してくれるのだ。

「竜一。よく眠れたか」

竜一たちが食事をする場所は、洞窟から少し歩いた、開けたところにあった。そこには平らに切られた大岩と、木で作られた椅子があり、空の下のダイニングルームになっていた。

「さあ、食べろ」

ル・デュラに促されて席に着く。ジジも一緒に竜一の隣の椅子に腰掛けた。

テーブルの上には、果物や木の実、野菜に花が山盛りになって置かれていた。それから小麦に似たものをすり潰して焼いたパンがあった。これは竜一だけのために用意されたもののようで、二人は手をつけない。

いただきますをして、まずは果物に手を伸ばした。実は甘かったり、少し酸味があったりと、それぞれ違う味がして悪くない。パンもフカフカして腹に溜まる。花はここに来てから初めて食べたのだが、案外いけるものだと吃驚した。甘い蜜《みつ》が入っていたり、花びらが肉厚だったり、これもいろんな味を楽しめる。

「美味いか」

「ああ、美味しいよ」

「覚悟はできたのか」

案の定、朝一番でル・デュラが聞いてきた。

「まだ三日目だよ。そんなにすぐには覚悟なんか決まらないよ」

「そうか」

「ねえ、ところでさ、ル・デュラはこれで足りるの？」

ジジはともかく、ドランの姿になったル・デュラはあれほど巨大なのに、これで足りるのだろうかと、竜一は疑問を口にした。話を逸らそうという魂胆もある。

「肉とか魚とか食べないの？　もしかして、モルドにはそういうものはないのかな」

「ある。だが私たちは食べない」

隣ではジジが花をもりもり食べている。黄色い花が好みのようで、様々な色の中から黄色だけをより分けて、せっせと口に運んでいた。

「草食なんだ？」

「そうだ。スールの民は肉、魚を時々は食する」

モルドに海はなく、川と、大小の湖が点在していて、そこに魚がいるという。

「そうか。魚がいるんだ。肉は？　牛とか豚とか？」

ここに来てから出会ったのは、ジジとル・デュラしかいないから、モルドにどんな動物が生息しているのか、竜一は知らない。

「竜一は肉が食べたいか」

果物を手に取りながら、ル・デュラが聞いた。

「うん。そりゃあるなら食べたいよ。俺、肉大好きだもん。焼き肉食べたいな」

肉のことを考えたら、もの凄く食べたくなった。花も果物も悪くはないが、肉のほうが数倍好きだ。

「なあ、肉ってどうやったら手に入る？　スールでは食べてるんだろ？」

「彼らもいつも食しているわけではない。たまに食することがあるという程度だ」

モルドではドランもスールも基本的に草食で、スールにとっても肉や魚は栄養源としてではなく、嗜好品という位置づけのようだ。

「でも、たまにでも食べるんだろ？」

モルドに住む人々が草食なのは仕方がない。でも食材があるなら手に入れたいと思う。魚ぐらいなら自分で獲れそうだ。肉も弓さえあれば、自分で狩りもできるとまで考えた。

「俺にでも捕まえられるかな。大きい動物は無理だけど、兎とか、鳥はいない？」

捕まえた動物をさばくことを想像するのは恐ろしいが、背に腹は代えられない。それに、ドランになったル・デュラなら、容易に捕まえてくれるのではと、そんな甘いことを思った。

「ル・デュラも食べてみたらいいんじゃないか？　だってそんなに身体が大きいんだもん。食べたら案外いけるかもよ。あー、肉、メッチャ食いてえ」

肉、肉と叫んでいる竜一の隣で花を食べていたジジが、不意に「ギュル、キュ、キュ」と鳴いた。

聞いたことのない鳴き声に、「ん？　どうした？」と、ジジを見る。

ジジは竜一を見上げ、それからゆっくりと椅子から下りた。

「もうご馳走さま？　いつもはもっと食べるのに」

竜一が声をかけると、ジジは一旦振り返り、今度はル・デュラに向かって何かを言った。ル・デュラが驚いたように目を見開く。沈黙するル・デュラに、ジジがもう一度語りかけると、ル・デュラがゆっくりと頷いた。ジジがテーブルから離れていった。心なしか肩を落としているように見えるが、もともとなで肩なのでそう見えるだけなのかもしれない。

竜一はジジを見送り、パンを手に取った。

「ジジ、どうしたんだろうね。あ、もしかしたら、俺のために肉を用意してくれるとか？」

「そうだ」

「やった！」

ジジは最初のときも、竜一のために飲み物を運んできてくれた。同じようにして、竜一の食べたい肉料理を用意してくれるようだ。

「なんの肉だろ。まあ、肉ならなんでもいいや」

今ならどんな肉でも美味しく食べられると思う。

「ジジだ」

「えっ？」

ル・デュラの言葉に驚愕して、持っているパンを落とした。

「何それ。どういう意味？」

ル・デュラは、さっきとは別の果物を手に取りながら、「おまえは焼き肉が食べたいのだろう」と言う。

「そりゃ言ったけど」

「だからジジは、自らが犠牲となり、焼き肉になりに行ったのだ」

「嘘だろっ？」

「私は嘘を吐かない」

「……大変だ。なんで止めないんだよ。ジジが死んじゃうじゃないか」

慌てて椅子から立ち上がり、ジジの消えたほうへ走っていく。どんな肉でもいいとは言ったが、いくらなんでもジジは食べられない。

「ジジッ！」

大声で呼びながら、ジジを探した。駆けだした竜一のあとをル・デュラもついてくる。

「ジジ、どこにいる？　ジジ！　早まるな。なあ、ル・デュラ、ジジはどこに行った？」

「竈《かまど》のある場所へ行った。あそこへ行けばよく燃える」

「知ってるなら先に言えよっ！　なんなんだよ！　もう！」

ル・デュラを怒鳴りつけ、その場所へ連れていけと言った。竜一に怒鳴られたル・デュラは、一瞬驚いた顔をしたが、すぐに「こっちだ」と言って、先に歩きだした。

ル・デュラに案内された場所は、青空ダイニングから少し先へ登ったところだった。石を組んだ竈があり、ここでパンを作っていたらしい。

竜一たちが駆けつけると、ジジが竈の上にいた。竈を跨《また》いで物干し台のような支柱が立ててあり、ジジが今まさにぶら下がろうとしているところだった。

「ジジ！」

竜一が叫ぶと、ジジはこちらを向いて「キュィ、キュルル」と鳴いた。そして短い腕と足で懸命に棒を掴み、火の真上にぶら下がった。

「どうぞ美味しく食べてくれと言っている」

通訳したル・デュラの声を聞き、竜一は全速力でジジの側まで走った。

竈からは炎が上がっている。幸い火はまだそれほど大きくなく、ジジの身体にまで届いていないが、側にいるだけでもかなり熱い。モウモウとした煙が上がっていた。

「ジジ、下りて。いいんだよ、焼き肉なんかにならないで。俺はジジを食べたくない」

竜一の声に、ジジが棒にしがみついたまま、「キュゥウ」と力なく鳴く。

「食べたくないとは残念だと言っている」

「食べたくないよ！　だって食べたらジジがいなくなっちゃうじゃないか。な、ジジ、下りてきて。ほら、熱いだろ？」

「キュィイィイ……」

腕を伸ばし、おいで、おいで、とジジを呼びながら手を伸ばす。ジジはぶら下がったまま竜一を見つめ、それから竜一の後ろに立つル・デュラのほうに視線を送った。

「焼き肉はいいのか」

「いいって言ってるだろ。肉なんか食べたくない。いや、肉は好きだけど、ジジのほうが大事だ。ほら、ジジ、おいで」

もう一度呼ぶと、ようやくジジのほうからも腕を伸ばし、竜一に摑まってくれた。身体を抱き留め、火の上に落とさないように用心しながら地面に下ろす。草冠に挿した赤い花が、熱と煙に燻《いぶ》されて、萎れているのが痛々しい。

「ジジ、なんてことをするんだ。ジジの焼き肉なんか出されたって、俺は食べられないよ」

地面に下りたジジが、「キュゥ」と鳴いて見上げてくる。身体からも煙が上がっていて、ちょっと燻製《くんせい》っぽい匂いになっていた。

「もう、吃驚させないでよ。無事でよかった」

「本当に焼き肉はいらないのか」

安堵している竜一の横で、ル・デュラがまだ肉のことを言うので、竜一は爆発した。

「いらないよっ！　なんであんたも止めないいんだよ！」

「モルドで食肉となるのはドランだ。ここには竜一が住んでいた世界のような、牛や豚や鳥もいない。我々は仲間を食べない。だがスールの民は肉を好む。ドランを狩り、その肉を食す」

温度のない声で、ル・デュラが淡々と語る。

「ここにドランの肉はない。だからジジは、竜一のために自ら犠牲になると決意した。私はその意思を酌み、ジジの好きにさせることにした。竜一が喜ぶなら致し方ない」

「致し方なくないよ！　なんでそういう重要なことを先に言わないいんだよ。説明が足りないいんだよ、全っ然！　俺はジジを食べたいなんて言ってない」

「だが肉を食べたいのだろう。モルドでは肉といえばドランだ」

「それを先に言ってくれれば俺は肉が食いたいなんて言わなかった。あんたたちの仲間を殺してまで食べたいって言ったか？　言ってないだろ？　……もう、なんなんだよ、いったい」

ジジが心配そうに竜一を見上げている。表情のないトカゲの顔だが、今どんな気持ちなのか、竜一には分かった。食肉だなんて思えない。それを許したル・デュラの真意こそが理解できなかった。

「ル・デュラは、俺のためにジジが犠牲になってもいいいと思ったんだ？」

竜一の問いに、ル・デュラは絶句したまま答えない。

「俺が焼き肉のジジを食べて、喜ぶと思った？　俺のことをなんでも知ってるって言ったよね。全然分かってないじゃないか」

実家では猫を三匹飼っている。妹が拾ってきた猫で、竜一もとても可愛がっていた。今は学生の身だから無理だが、就職して自立できるようになったら、絶対に猫を飼うと決めている。近所でも知り合いになった犬猫がたくさんいる。竜一にとって彼らは家族や友だちと同然で、ジジだって同じだ。

「俺がジジを美味そうだ、食べたいなんて、思うはずがないだろ！」

水晶で竜一の生活を覗き見していたというのなら、それを分かっているはずなのに、なんでこんな残酷なことができるのか。

「……怒ったのか、竜一」

ル・デュラが言った。

「怒ってるよ！　いや、怒ってるっていうか」

呆れていた。

「……もう、いいよ。なあ、ジジ。こういうことはもうしないでくれよ？　いくらル・デュラに命令されても、聞いちゃだめだよ」

「私は命令などしない」

ル・デュラの焦ったような声に、竜一は反応しなかった。

「食事の続きをしようか、ジジ。さっきのじゃ、まだ足りないだろ？」

ジジの手を引いて、青空ダイニングに戻ろうと促す。竜一に連れられながら、ジジがル・デュラを気にして、何度も振り返っている。

「冠の花、萎れちゃったね。可愛かったのに。お花好きなの？　俺も好き。綺麗だもんね」

返事をされても意味は酌めないが、竜一はジジに話しかけることをやめなかった。大人げないとは思うが、今はル・デュラと会話をしたくなかったからだ。

ル・デュラは、竜一のジジに向けての一方的な会話に入ってくることはせず、黙って後ろをついてくる。

ダイニングテーブルに戻り、食事を再開しても、ル・デュラは一言も発せず、それは食事が終わり、竜一が洞窟に戻るまで続いた。


「……やりすぎちゃったかなぁ」

干し草のベッドの上で仰向けになりながら、竜一は独り言を吐いた。

彼を怒らせたらマズいと思っていたのに、先に自分がキレてしまった。

あれからル・デュラは竜一に話しかけてこなかった。いつもなら食事が終わったあとも、何かと引き留められ、覚悟のほどを詰め寄られたり、モルドの話を聞いたり、または、竜一の元いた世界の話をしたりと、二つの月がある時間はずっと一緒に過ごしていたのだが、今日はそれもなかった。洞窟に戻ろうとする竜一を引き留めることもなく、静かに見送っていた。

ここモルドの世界と、竜一の生まれ育った世界とでは、生活様式も常識も、考え方も違うのは当たり前だ。ジジのしたことには驚いたが、ル・デュラが言っていたように、ジジは自主的に行動を起こし、ル・デュラが命令したわけでは決してない。それなのに、ル・デュラを責め、捨て台詞を吐いて、その後無視してしまった。

「ああ、やっちゃったな……」

口数が少なくても、竜一が聞いたことには必ず答えてくれた。それが、一言も発せず、ただ黙って佇んでいた。傷つけてしまったのだ。

「謝ったほうがいいよな。さっきのはやっぱり、俺も悪い。絶対悪い」

干し草のベッドの上で、ゴロンゴロンしながら反省する。

「だって、驚いちゃって、つい口が荒くなっちゃったんだよ。モルドの肉の事情なんか知らないし、先に教えてくれてたら、俺だって……」

ブツブツ文句を言いながら、これは自分を正当化しようとする言い訳だと分かっていた。それに比べ、ル・デュラは弁明も逆ギレも一切しなかった。考えてみれば、そんなことをする人ではない。ただ言葉が足りなかっただけなのだ。分かっていたことなのに、幼稚な態度を取ってしまった。

「……よし、謝りに行こう」

決意ができればあとは一直線だ。なるべく明るい態度で、もう怒っていないし、自分も悪かったと言おう。うだうだ悩んで、気まずいままでいるのは嫌だ。

すぐに行こうとベッドから下りると、出口のほうからジジがやってくる気配がした。

尻尾を引き摺りながら近づいてくる音がいつもよりも重々しい。ジジも落ち込んでいるようだ。

「ジジ、どうした？　次の食事まではまだ時間があるよ？　でも丁度よかった。あのさ……」

ル・デュラのいるところまで案内してもらおうと、竜一は自分のほうからジジを迎えに行く。

「わ。どうしたの？」

洞窟の中に入ってきたジジを見て、竜一は思わず声を上げた。

ジジは大きな花束を抱えていた。そればかりではなく、いつも被っている草冠にも、色とりどりの花が飾られている。一瞬花が歩いてきたのかと目を疑ったほどだ。

足音を聞いて、ジジが落ち込んでいると思ったのは勘違いだったようだ。自分の身体よりも大きな花束を抱え、ヨッチラ、ヨッチラと歩いてくる。

「豪華な花束だね。ジジもゴージャスになってる。凄いや。可愛い」

笑顔でジジを迎え入れ、差し出された花束を受け取った。

誰からと聞くまでもない。これはきっと、ル・デュラが持たせたものだ。

「ル・デュラが自分で作ったのかな。集めるの大変だったろうに」

あの大きな身体で、花を摘んでいるル・デュラの姿を想像し、竜一は笑顔になった。きっと一生懸命摘んだのだろう。この花束は、彼からの謝罪を示す贈り物だ。

ジジが「キュイッ、キュイッ」と勢いよく鳴いた。花束を抱えて笑っている竜一を見て、ジジも嬉しそうだ。表情は動かないのに、ジジはとても感情表現が豊かな子だ。

「お礼を言わなきゃ。それから謝らないと。ね、ジジ、ル・デュラのところへ連れていってくれるか？」

ジジが一声鳴き、すぐさま出口に向かった。花束を持ったまま、竜一もあとを追う。

洞窟を出て、山を下っていった。ル・デュラは洞窟の近くにはいないらしく、ジジはどんどん麓へ向かって歩いていく。道はそんなに険しくはないが、舗装されているわけではないので、地面がでこぼこだ。転ばないように気をつけながら、竜一はジジの後ろをついていった。

「広い山だね。それに緑が豊富だ。モルドって砂漠ばかりじゃないんだ」

最初にいた場所が荒涼とした砂漠地帯だったから、なんとなく緑の少ない土地だと思っていたのだが、全然違っていた。

「モルドってどれくらいの広さなんだろう。王族が手分けして一晩中パトロールするぐらいだから、相当広いのかな」

さっきル・デュラは、スールがドランを狩り、肉を食べると言った。ル・デュラたちが夜な夜なパトロールに出掛けるのは、スールによってドランが乱獲されないように見張るためなのかもしれない。ドランを食べるというスールを、ル・デュラやジジ、他のドランはどんなふうに思っているんだろう。

「ル・デュラって、なんというか、分かりにくいんだよな」

聞けば答えてくれるが、自発的に言葉を発しないのが困る。

腕をどうしたのかと聞けば千切れて取れたと言い、どうして取れたのかまでの説明はない。さっきの焼き肉事件にしても、こっちが聞いてからようやく理由を言うので、慌てさせられることになり、つい怒鳴ってしまった。

「王様に向かって、あの態度はないよな、俺にしても」

気さくな性格だと自分でも思うし、実際誰とでもすぐに親しくなれる。言葉が分からないジジとでさえ、意思の疎通ができるというのに、ル・デュラが相手となると、途端に難しくなる。

優しいのか怖いのか、傍若無人《ぼうじゃくぶじん》なのか気弱なのか、今ひとつ摑めず、その上突飛な言動をするから、こちらの態度もおかしくなってしまうのだ。

「まずはいろいろと知らないといけないな」

番云々の話は置いておくにしても、竜一はル・デュラのことを、もっと知らなくてはならないと思った。


一時間近くも山を下り、木々の生い茂る森を抜けると、そこは広大な菜園だった。

でこぼこの山道とは違い、土は綺麗に耕されており、菜園の奥には様々な果実のなる木が植えてあった。手前側に畑があり、朝食べた花々や、野菜も育てられている。

目を見張ったのは、そこにはル・デュラとジジ以外のドランが複数いたことだ。

「ドランだ。……初めて見た。本当にいろんな種類がいるんだ」

十頭以上はいるだろうか、様々な大きさ、姿のドランたちが、籠を運んだり、追いかけっこをしたりと、自由に動いている。畑の野菜を食べている者もいる。二足歩行で歩いているドランはおらず、みんな四肢を地面につけて移動をしていた。

初めて目にした他のドランたちの姿を、竜一は森の外れに佇んだまま、しばらく眺めていた。ジジのように巨大猫じゃらしの服を纏っているドランはいなかったが、花を編んだ輪を首に巻いていたり、帽子のように頭にちょこんと載せていたりする者がいた。大きいのも小さいのも、どのドランものんびりとした顔をしていて、なんだか可愛い。

ドランたちが蠢いている菜園の中に、ル・デュラの姿もあった。土の上に膝をつき、野菜の世話をしている。

ル・デュラの側に一頭のドランが近づいた。二人で会話を交わし、それからル・デュラはドランの頭に着けてある花の位置を直してやった。とても優しい手つきでドランの頭を撫《な》で、それから笑った。

「……あんなふうに笑うんだ」

竜一に対しても笑いかけることはあるが、今浮かべているものとは全然違っていた。

「俺にはあんな笑顔を見せたことないよな」

綺麗な顔が極上の笑顔を作っている。なんとなく、損をした気分になるのはどういうわけか。

竜一を果樹園に連れてきたジジが、竜一を見上げ、「キュイ」と鳴いた。

「ああ、行こうか」

花束の礼と、さっきの出来事を謝りに来たことを思い出し、ル・デュラのところへ行こうとしたら、ジジがもう一度鳴き、竜一の腕に触ってきた。

ジジの仕草が、竜一を押しとどめているようで、竜一はなんでだろうと首を傾げる。

「行っちゃ駄目なの？　でも、連れてきてくれたの、ジジだよ？」

竜一が言うと、ジジが離れていった。菜園に入ろうとして一旦足を止め、こっちを振り返る。

「ここで待っていろってこと？　ル・デュラを連れてきてくれるのか」

とにかく動かずに待つようにという意思を酌んで、竜一は森の外れに立ったまま、菜園に入っていくジジを見送った。

ジジが近づくと、ル・デュラが顔を上げ、「ああ、ジジ」と、またあの極上の笑みを浮かべる。

「竜一は喜んだか？　そうか、そうか」

ル・デュラがそう言って、頷いた。それから不意に顔を上げ、森の外れにいる竜一を見つけた。ジジが竜一をここへ連れてきたことを教えたらしい。

ル・デュラが立ち上がり、辺りを見回す。近くにいるドランたちに声をかけると、彼らは作業していた動きを止め、竜一が立っているのとは反対側のほうへと去っていった。ドランたちがいなくなるのを確認したル・デュラが、ジジを伴い竜一の側までやってくる。

ル・デュラの顔からは、さっきの極上の笑顔が消えていた。硬い表情をして近づいてくるのを見て、竜一の胸がチクリと疼《うず》いた。

ジジと一緒に竜一のすぐ側までやってきたル・デュラは、相変わらず自分からは何も言わない。

「あのさ。……あの、これ。花、ありがとう。それからさっき、俺、酷いこと言った。ごめんなさい」

気まずい気持ちを押し殺し、頭を下げて、丁寧に謝る。顔を上げた先には、目を見開いたル・デュラの顔があった。竜一に謝られるとは思っていなかった表情だ。

「怒鳴りつけたり、きついこと言って、おまけに無視したりして、悪かった。ジジが焼き肉になるなんて聞いて、慌てちゃったんだ。本当、ごめん」

「竜一」

「嫌な気持ちになっただろ？　なんにも知らないくせに、あんなふうに怒鳴り散らして」

「そんなことは思わない」

ル・デュラは相変わらず口数が少ないが、いきなり謝られて、戸惑っているのが分かる。

「花、嬉しかったよ。凄く綺麗だね。ル・デュラが摘んでくれたのか？」

手にした花束を掲げて竜一が言うと、ル・デュラがやっと顔を綻ばせた。さっきドランたちに見せていた笑顔とまではいかないが、ル・デュラのそんな顔を見て、竜一も肩の力が抜けた。硬い表情だったのは、竜一と一緒で、緊張していたからみたいだ。

「そうだ。花が好きだと言ったから」

「うん。好きだよ。ここの畑で摘んだの？」

「別に花畑があるんだ。ここから近い？」

「ここではない」

「割合と近い。……行くか？」

ル・デュラの誘いに、竜一は笑顔で頷いた。

山道を更に下り、花が咲いているという場所へ案内してもらう。ジジも一緒についてきた。

隣を歩きながら、ル・デュラがチラチラと竜一の顔を見る。ドラン族の王様で、竜一よりも頭二つ分も大きい男が、竜一の機嫌を窺っているのだ。

「もう怒ってないよ。ル・デュラこそ怒ってない？　気分悪かっただろ」

「そんなことはない」

「気まずいまま洞窟に戻ってさ、ああ、やっちゃったなって、反省したんだ」

「私もだ。ジジが焼き肉になってもいいのかと聞かれたとき、それを承諾したことに、私は恥じ入った。大切な家族を、私は焼き肉にしようとしたのだから」

ル・デュラの声音は、本当に反省しているようで、隣を歩くジジにも「焼き肉にしようとしてすまない」と謝っている。焼き肉、焼き肉と繰り返すのが可笑しくて、竜一は声を出して笑った。焼き肉になりかけたジジは、二人の間に挟まった位置で、のんびりと歩いている。

隣で竜一の顔色を窺っていたル・デュラは、竜一の笑顔を眺め、それから自分も笑った。

それは、さっきドランやジジに向けたものと同じような、柔らかな笑顔だった。

「ようやく笑ってくれた」

溜め息のような声を出し、ル・デュラが言った。

「ようやくって。まるで俺が初めて笑ったみたいじゃないか」

「初めてだ」

「え、そうだっけ？」

ここに飛ばされてきてから三日が経つ。その間、一度も笑っていないなんてことはなかったが、思い起こしてみれば、確かに全開の笑顔にはなっていなかったような気がする。

「前に覗き見た、あれと同じだ」

竜一の生活を、水晶を使って眺めていたとき、竜一はいつも笑顔を見せていて、それが今ようやく見られたと、ル・デュラが嬉しそうに言った。

「今朝、ジジのことで竜一が怒ったときに、私はあの笑顔をもう見ることが叶わないのかと思った」

端整な作りの顔に、気弱な笑みを乗せて、ル・デュラが言う。そして「よかった」と言って、自分のほうこそ極上の笑顔を作るのだ。

「水晶越しではなく、この目で見たかったのだ。願いが叶った」

「そんな。大袈裟だよ。笑うときは笑うよ？　俺、笑い上戸だもん」

茶化すようなことをわざと言った。だって恥ずかしい。顔が熱くなるじゃないか。

そして、もっと見たいなんて言いながら、顔を覗いてくるものだから、意識してしまって、今度は笑えなくなってくる。今までどんな顔をして笑っていたんだっけと考え、ギクシャクしてしまう自分がみっともない。

「ほら、あそこだ」

百面相をしている竜一の横で、ル・デュラが指をさした。

言われて目を向けた先は、一面の花畑だった。

「うわお。凄い。満開だな」

なだらかな斜面に沿って、様々な花が咲き乱れている。ジジの草冠にあった赤い花も、群生を作っていた。ここは食用のものと違い、野花が好き勝手に咲いている場所のようだ。

「あ、ジジの服がある」

色とりどりの花に交じって、あの巨大猫じゃらしの草もあった。怒った猫の尻尾のようなフサフサの草が、あちらにもこちらにも生えている。

「モッフモフだな。気持ちいい」

触るとまさしく猫の尻尾のような手触りで、竜一は夢中になって巨大猫じゃらしを撫でまくった。

「もふもふ……」

ル・デュラが竜一の言葉を真似、竜一は「そう」と言って、ル・デュラにも触らせる。

「な、モフモフだろ？」

「ああ、もふもふだ。そうか。これはもふもふだ」

大きな掌で巨大猫じゃらしを撫でながら、「もふもふ、もふもふもふ」と確かめるように言っている。

「俺、猫が大好きなんだよ」

「知っている。だから種を蒔いた」

「え？」

水晶から竜一の生活を覗き見ていたル・デュラは、竜一の猫好きを知り、それに似たものを探し出してきたのだ。

「モルドにはあのような毛の生えた動物はいないからな。代わりになるものを探した。これが一番似ている」

「俺のために集めたの？」

「そうだ」

竜一たちと一緒に花畑にやってきたジジが、さっそく草を摘んでいる。フサフサの草をル・デュラに渡し、腰の周りに挿してもらっている。

「ねえ、もしかしてジジのこの恰好も、俺のためにしていたのか？」

モフモフの草をぎっしりと腰に纏わせたジジを眺めながら竜一が聞くと、ル・デュラが頷いた。

「少しでも似せれば、竜一が喜ぶだろうと思った」

「なんだよそれ……」

竜一を喜ばせたくて、ここにはいない猫の代わりになるものはないかと探して、この草を見つけ、ジジに着せたのだ。

「気に入らなかったか」

竜一の呟きを聞きつけたル・デュラが、途端に不安そうな顔になる。

「そうじゃない。気に入っているよ。凄く。可愛いし」

そして竜一の答えを聞き、安堵の笑顔になるのだ。

「水晶を見て、それを参考にして作ったんだね」

「そうだ。手触りは似ているか？　おまえの猫と」

「うん。そっくり。気持ちいい。ずっと撫でていたい」

「それはよかった。苦労して探した甲斐があった」

ル・デュラはそう言って、鮮やかな笑顔を作った。それは今まで見たなかで一番大きくて、本当に嬉しそうな笑顔だった。

「この草で俺もなんか作ろうかな」

「何を作るのだ？」

「ぬいぐるみみたいな。それだったら抱っこできるし、いつでもモフモフを堪能できるから」

さっそく草を摘みながら竜一が言うと、ジジが「ギュルル」と鳴いた。

「ジジは自分を抱っこしてもいいと言っている」

いつもよりモフモフを倍増させたジジが、さあどうぞと言わんばかりに竜一の前に進み出た。

「そうか。じゃあ遠慮なく。……わぁ、マジでモッフモフだ。気持ちいいな。そうそう。この感触だ」

ジジを膝に乗せ、頬ずりをする。巨大猫じゃらしのフサフサに加え、ジジのなめらかで冷たい皮膚の感触があり、凄く気持ちがいい。ジジも短い腕を伸ばして、竜一に抱きついてきた。

モフモフを思う存分堪能している横で、ル・デュラが巨大猫じゃらしを束のまま引っこ抜いている。

草の茎はけっこう太くて、ストローぐらいはあるのだが、流石ドランの王様は、一摑みで五十本ほどの猫じゃらしを千切り取るのだった。

「新しいマントを作るの？」

「いや」

寡黙な王様は、相変わらず何を考えているのか分からない。黙々と手を動かし、巨大猫じゃらしの草を編み始めた。右腕は自分のものではないと言っていたが、不自由はないようで、大きさも形状も違う二本の腕で、器用に丸い形に編んでいく。

「竜一」

出来上がった巨大猫じゃらしの輪っかを、ル・デュラが自分の首に掛けた。そして、「さあ、触れ」と竜一の前に身体を差し出す。

「私ももふもふだ。抱っこしろ」

そんな、「さあ」と腕を広げて迫られても……。

「抱っこは無理だろ。ル・デュラ大きいもん」

「無理か……」

ル・デュラがあからさまに落胆するので、竜一は笑ってしまった。ジジが抱っこされているのを見て、自分もそうしてもらいたくて、せっせと草を編んでいたのか。

竜一の膝の上にいるジジが、ル・デュラの首飾りを見て「キュイキュイ」と声を上げる。お揃いだと言って喜んでいるみたいだ。

「そうだね。ル・デュラもモフモフだね」

膝にいるジジに話しかけていると、ル・デュラが首飾りを外し、今度は竜一の首に掛けてきた。

「ならば私が抱っこする」

返事をする前に、ル・デュラが竜一の身体をジジごと持ち上げ、自分の膝に乗せた。驚いている竜一の首元に顔を埋めてくる。

「ちょっと」

「私にも、もふもふを堪能させろ」

「キュイィイイ」

竜一を膝に乗せたまま、ル・デュラがギュウギュウと抱き締めてくるので、竜一とル・デュラの間に挟まったジジが鳴き声を上げた。

「ジジが潰れちゃうよ」

「ジジは頑丈だ」

そう言って、ますます強い力で抱き締めてきて、とうとうジジが竜一の膝から抜け出した。隙間のなくなった分、ル・デュラが更に身体を寄せてきた。自分で作った草の首飾りに顔を寄せ、頬ずりをする。

至近距離にある顔は相変わらず綺麗で、それが満足そうに笑っている。長い髪が、竜一の腕にかかる。柔らかくてサラサラで、こっちも気持ちいいと思った。ル・デュラの身体からは花の匂いがした。

大男の膝の上に乗せられて、本当なら冗談はやめろと飛び退きたいところだが、ル・デュラがあまり嬉しそうなので、なんとなく下りられないでいる。

「……そういえばさあ、さっきの菜園に、ドランたちがいたよね」

膝に乗せられたまま、菜園で見たことを口にした。

「たくさんいたよ。みんなでこの山に住んでるんだ？　あの他にもいる？」

「この付近に住んでいるのは、あの子たちだけだ」

「そうなんだ。もっと近くで見たいな。今度紹介してよ」

みんなののんびりとした風情で、凶暴な感じはしなかった。ジジと同じように仲良くできたら楽しそうだと思って言ってみたが、ル・デュラは「まだ時期ではない」と言う。

「今は駄目ってこと？　なんで？」

「彼らはまだ怯えている」

「俺に？」

「スールの民にだ」

いつものように一問一答を繰り返し、ル・デュラから訳を聞き出す。彼の話によると、ここにいるドランたちは、パトロールの最中に、スールに襲われていたところをル・デュラに助けられ、保護されている者たちだった。

「スールとドランとの間には、協定が結ばれている。我々はスールにドランを預け、スールからは衣食住にまつわる道具などを提供してもらう」

モルドには牛や馬など、労働力になる動物はおらず、ドランがその役を担っている。人懐こい性質のドランは、スールの民に協力することを惜しまない。ドランの鱗や牙も道具作りの材料になり、また、菜園で作っている果実は、ここでしか採れず、それらを時々分けているのだそうだ。そしてスールからも、衣類やパンの材料になる小麦などを分けてもらっている。

協定のなかには、ドランを食用としないというものもあるのだが、時々それを無視する輩が出てくるのだという。

ドランの肉はスールにとって主食ではないが、その味を好む者もいる。また、こちらの許可なくドランを連れ去り、過酷な労働をさせようとする者、ドランの取引を商売にしようとする者までいるのだそうだ。

「ドランはもともとスールの民が好きなのだ。我々の歴史はスールと共にある。だからこそ、彼らの負った傷は深く、容易に怯えは消えない」

「そうか。俺を見ると、嫌なことを思い出しちゃうから、会わないようにしているんだね」

だからジジも竜一が菜園に入るのを止めたのだと、ル・デュラの説明に納得し、竜一は菜園に自分からは行かないことを約束した。

「いずれ竜一を彼らに紹介する。もう少し待っていてほしい」

「うん。いつか一緒に遊べたらいいな」

「ここにいない者たちにも会わせたい。モルドにいるドラン全員に竜一を紹介する。そう遠くない未来だ。おまえに会えば、皆おまえのことを好きになるだろう」

私の大切な番。

そう言ってル・デュラが、膝にいる竜一を抱き締めた。竜一の背中に回したドランのままの右腕が、壊れ物を扱うように、柔らかく竜一を包んでいる。

大男の膝に乗せられ、抱き締められている状況が照れくさくてくすぐったい。だけど「やめろよ」なんて言ったらル・デュラがまたしょげるかと思うと、それもできなかった。

抱き締められて困っている竜一の前に、ジジが赤い花を差し出した。竜一のために摘んできてくれたらしい。

「あ、さっきのジジとお揃いの花だ」

花を受け取ると、ル・デュラがそれを取り上げて、竜一の髪に挿してくれた。「わんぽいんと」と言って、自分が花のように笑っている。

そんなル・デュラの端整な顔を眺めながら、自分が女性だったら、きっと惚れてしまっただろうなあと考える。美しく誠実で、自分をこの上なく大切にすると言うのだ。こんな熱烈な求愛をされて、なびかないわけがない。

「どうした。聞きたいことがあるなら言え。なんでも答える」

ボウッとしたままル・デュラの顔を見ている竜一に、彼が言った。

「あ、いや。うん。あのさ、ジジもスールの民に捕まりそうになったドラン？」

心の中の声をそのまま口にすることはできないので、竜一は慌てて話題を探した。

「ジジは生まれたときからずっと私と一緒にいる。私の弟だ」

「……えっ？　マジで？」

「まじで」

また唐突に、驚愕の事実を聞かされる。

「ジジは父、ラ・デュラの末子だ」

「キュイ」

ドランの王族には、翼を持つ者の他に、ジジのように二足歩行し、人語を理解する特殊な能力を持つ者がいて、それぞれがその能力を用いて、モルドのドランたちを守る役目を果たしている。ドランはもの凄く長生きなので、兄弟はもちろん、ル・デュラの祖父や曾祖父の代からの親族も大勢いるのだそうだ。

「全然似ていない」

「愛らしいだろう」

確かに。

そういえば、ドランにもスールにも姿を変えられるのは、王である自分だけだとル・デュラは言っていた。ということは、ジジのような子を自分が産む可能性もあるのかと、そんなことを想像する。

なんかちょっと可愛いかも。

「っ！　……いやいやいやいや！」

「どうした、竜一」

考えを打ち消そうと、激しく首を振る。

危なかった。自分が子どもを産んだらなんて、ナチュラルに考えてしまったじゃないか。のどかな雰囲気と、ル・デュラの超絶美形に誘われて、つい頭の中まで花畑になってしまった。

「なんでもない。ね、そろそろ下りるよ」

この膝が居心地好すぎるのだと気がついて、抜け出そうとするが、ル・デュラが「駄目だ」と言って、離してくれない。

「俺も草を編みたいんだよ」

「ここで編めばいい。いくらでも摘んでやるぞ」

そう言ってその辺にある巨大猫じゃらしを数十本ぶっちぎるル・デュラだ。

「ほら、これを使え」

横暴な王様から猫じゃらしもどきを受け取り、見よう見まねで編んでみる。ル・デュラが編み方を教えてくれた。

「途中で投げ出すなよ。おまえは根気がないから。書き物も調べ物も、僅かの時間机に向かい、すぐに放り出していた」

「そんなとこまで見てたのかよ」

「見ていた」

水晶で竜一の生活ぶりを眺めていたル・デュラは、竜一の根気のなさをちゃんと観察していて、「いきなり難しいことをしなくていい」と助言までしてくる。

「なんだよ。親と同じことを言うんだな。どうせ飽きっぽい性格だよ。でも興味のあることにはちゃんと集中するんだからな！　受験だって乗り越えたし！」

竜一が叫ぶと、ル・デュラはハハッと笑い、「そうだな」と、軽く言うのがしゃくに障った。

「本当だぞ。やるときにはやる男だ、俺は」

「知っている。弓矢を射る修業をずっと続けていた。おまえが弓を射る姿は美しい。射る瞬間の竜一を眺めるのが私は好きだ」

自分のほうがずっと綺麗な顔をしているのに、そんな男に美しいと言われてしまった。口は下手だが嘘は吐かない。自分で言っていたから、ル・デュラは本当にそう思っているのだろう。

竜一を未だに膝の上に乗せているル・デュラの顔を仰ぎ見た。竜一に見つめられたル・デュラが見返してくる。

相変わらず見惚れるような綺麗な顔だ。

こんなに綺麗で、しかも強くて、言葉は足りないけど凄く優しい王様は、竜一の視線を受けて、嬉しそうに顔を綻ばせる。膝の上に竜一を置き、モフモフの首飾りを無理やり被せ、その感触を楽しむのだと言って、竜一を抱き締めて離さない。

「どうした？」

「ん？　なんでもない。ね、横に編むのはどうやるの？」

ル・デュラに教えてもらいながら、竜一は草を編んでいく。ジジが花畑を歩き回り、花をたくさん摘んできた。

色とりどりの花を、ル・デュラが竜一の髪や首飾りに挿している。自分の膝の上で草を編む竜一を、黙々と飾り立てるのだった。


モルドに飛ばされてきてから二週間が経った。

夢だ幻だと誤魔化すことはとっくにやめ、竜一はモルドでの生活に馴染む努力を続けている。

努力といっても、辛いから元いた世界を思い出さないようにしようとか、無理やり馴染もうと気合を入れて動き回ったりなど、そういうことはしていない。

生態系も文化も違う世界だ。以前と比べれば、やはり不便だと思うことも多い。あれがあったら便利なのにと思ったら、代用品になるものはないかと工夫をし、まあなくてもなんとかなるかと諦めたり、できることは自分でもやってみようとジジやル・デュラに教わったり、そういう努力だ。

家族や友人など、元いた世界のことは気掛かりだが、相変わらず強烈な郷愁というものは湧いてこない。だってどうしようもないし……、という思考のところでストップしている。本当にどうしようもないことだと思うからだ。

それは、自分がもともとこの世界の人間だということの裏付けになりそうだが、それだけではない。竜一がここの生活に馴染むよう、ル・デュラやジジが、常に心を砕いているからだ。そんな彼らに、帰りたいなんていう言葉は安易に言えなかった。言ったらル・デュラはきっと悲しい顔をする。それを見るのが嫌だと思う。そんな顔を自分がさせるのも嫌だ。無口なル・デュラだけど、竜一の言動に一喜一憂し、笑ったり落ち込んだりする。

「意外と喜怒哀楽が激しいんだよな。ああ見えて」

どうせなら、機嫌のいい顔を見ていたい。完全無欠の美丈夫は、笑うと本当に綺麗なのだ。

結局なるようにしかならないという心境だ。脳天気でお調子者の性格が、ここにきておおいに発揮されている。

ジジに水のある場所を聞き、自分の服を洗濯することを日課にした。もちろんベッドに使っているシーツも自分で洗う。

木を焼いて作った灰汁と、木の実を搾った脂と水を混ぜて、石鹸《せっけん》もどきを作ってみた。ボーイスカウトのキャンプで習ったことを思い出したのだ。出来上がった石鹸はあまり固まらず、水に浸けるとドロドロに溶けたが、一応綺麗になるからよしとした。何度も作るうちに上手くなっていくだろう。竜一が洗濯をするのを見たジジが、草でできた自分の服を洗おうとしたのが可笑しかった。

ベッドの干し草も自分で集め、定期的に交換することにする。干し草を詰めたクッションも作ってみた。他にも皿やスプーンなど、生活用品を自作した。なかなか楽しいサバイバル生活だ。

洞窟の壁の棚には、ル・デュラに教わって作ったぬいぐるみもどきが置いてある。草を丸めて適当に成形し、その上に猫じゃらしで編んだものを被せ、花で目鼻をつけただけだ。ぬいぐるみというより、ほとんどダルマだが、手触りは抜群なので、気に入っていた。これもそのうちもう少し形の分かるものを作りたい。ジジに似た人形が作れたら、きっと喜ぶだろう。

山の中を散歩するのも日課になった。もちろんジジやル・デュラと一緒で、麓近くの菜園のほうへは行かないようにしている。

山はとても広く、まだすべては探検しきれていない。ル・デュラの住み処は山頂に近いところにあるようで、今度招待してもらうことになっている。「何もないぞ」と言っていた。ル・デュラが言うのだから、きっと本当に何もないんだろうと思う。

今日も朝食のあと、ル・デュラとジジとの三人で、散策に出掛けた。二人の案内で、行ったことのない山道を登っていく。

森の木々は、あっちの世界と似ているものが多く、だけどよく見れば、葉の形がまったく違っていたり、自然ではあり得ないような鮮やかな色だったりと、いろいろと面白い。植物なのに石のように硬く、葉も茎もなく、いきなり花が咲いている植物もある。

「これ、枯れ木？　燃えちゃったのかな」

しばらく歩いていくと、炭のように真っ黒な木が集まった場所があった。山火事のあとの残骸のように見える。

「燃えたのではない。これはそういう植物だ。生きている。時々白い花が咲く」

ル・デュラの話を聞きながら、どう見ても炭にしか見えない木の枝を触ってみた。指で弾くとキン、コン、と金属的な音がする。

「凄く硬いね。本当に炭みたいだ。でも生きてるんだ」

叩く場所によって違う音が鳴る。小枝を拾い、音階を探しながら叩いてみた。澄んだ音がド、レ、ミ、と音を奏でる。

ジジも竜一の真似をして、枝で一緒に叩いてきた。「キュイッ、キュイッ」と興奮した声を出し、夢中で音の鳴る木を叩いている。

「楽器になるね。よし、なんか演奏してみるか」

とはいっても、楽器の演奏は、笛ぐらいしかやったことがないので、唯一知っている『チューリップ』を奏でてみた。「ソ」の音が見つけられなくて、調子っぱずれな『チューリップ』になったが、ジジがメチャクチャ喜んで、何度もリクエストしてくれた。

「ジジは音楽が好きなんだ。メッチャ喜んでる」

「そのようだな。いい音だ」

この木の存在は知っていたが、わざわざ叩いてみたことはなかったと、ル・デュラも珍しそうに聴いている。

「長年モルドで暮らしてきたが、新しい発見があるとは思わなかった。竜一のお蔭だな」

ル・デュラがそう言って、「流石私の竜一だ」と笑う。

「なんだよ。いつから俺はル・デュラのものになったんだよ」

「いずれなる。まだ覚悟はできないか」

恒例の台詞を吐き、竜一もいつものように「まだまだ」と答えた。

即席の演奏会は長く続き、ジジがなかなか音の鳴る木から離れない。よほど気に入ったようだ。調子に乗った竜一が、適当に枝で叩いた即興のメロディを奏でると、ジジがまた喜び、何度もおねだりしてきた。

「竜一、そろそろ洞窟に戻ろう。私は行かなくてはならない」

「菜園に行くの？」

夜のパトロール以外は特に決め事のないような生活をしているのに、今日に限ってそんなことを言うので、珍しいと思って聞いたら、ル・デュラが「客人が来る」と言ったので驚いた。

「スールの民だ。近くまでやってきている。ドランを連れている」

空にある二つの月を仰ぎ見て、ル・デュラが言った。特殊な能力を持つドランの王は、同胞が近づく気配が分かるようだ。

頻度はまちまちだが、時々スールの民が行商にやってくるのだという。ここにはない道具や作物を持ってきて、ドランの鱗や牙、菜園で採れた果実などと交換していく。

「しかし都合がいい。竜一の着物や小麦などを分けてもらう。他にも必要なものがあれば、次に持ってくるように手配しよう」

何が欲しいかと聞かれるが、急に言われて具体的に思いつくものはない。

「俺も行っていい？　直接話したい」

「それは駄目だ」

ル・デュラがいつになく厳しい顔つきをして、竜一の同伴を拒否した。

「おまえの存在をまだ知らせることはできない」

ドランの王の番が現れたことが知れたら、スールにも影響が及ぶ。向こうにも王室があり、まずは彼らとの謁見の機会を得て、そこで初めて竜一の存在を知らせなければならないと言った。

「私が生まれ、予言の実現が近づいたことが知れたとき、そのような取り決めをしたのだ」

スールとドランの関係性については、少しずつ聞いてはいるが、まだまだ知らないことが多く、複雑な事情もあるようだった。

「竜一はまだ私の正式な番となっていない。紹介はできない」

「え。じゃあ、俺はル・デュラの正式な番にならないと、スールの民と会えないの？」

「そうだ」

「スールの町にも行けないのか」

「身分を隠せば可能だが、ここでは無理だ」

この地区にいるのはドランだけなので、竜一がひょっこり現れるわけにはいかない。

「じゃあ、物陰からこっそり見るのは？　俺、隠れてるよ」

「スールの民は山には入らない。私が麓まで出向くのだ」

「なんだよ……」

せっかくドラン以外と会える機会なのに、ル・デュラは頑なに駄目だという。

「竜一が私の番になる覚悟ができたというのなら、すぐにでもスールの王に謁見《えっけん》を願い出る」

「……じゃあ、大人しく待ってる」

「そうか」

ル・デュラはあっさりと頷き、すぐにでも行かなければならないと、落ち着かない様子だ。長い時間待たせて、彼らが山に近づきすぎるのを懸念しているのだろう。麓近くには菜園があり、スールに襲われて傷ついたドランたちがいる。

洞窟まで戻ろうというル・デュラに、竜一はここにいると言った。

「ジジがまだこれで遊びたそうだし、それに、一人でも戻れるよ。急ぐんでしょう?」

留守番ならどこにいても同じことだ。それなら新しいおもちゃで遊んでいるからと、竜一はそのまま ル・デュラを見送った。

土産を待っていろと言い残し、ル・デュラが足早に森から消える。そしてしばらく経つと、ドォン、と大きな音がして、大型のドランが飛んでいくのが見えた。

久々に見たドランのル・デュラは、迫力があった。

「そうか。そういえばル・デュラの本体はあの姿だった」

竜一といるときは、ずっと人型になっていたので忘れていた。ドランの名残を持つ右腕にもすっかり慣れてしまい、なんとも思わないようになっている。

「もしかして、初対面のときのあれを、まだ気にしているのかな」

もう全然怖くはないし、むしろ恰好良いと思っている。今度あの姿になったところを見せてくれと言ってみよう。

「俺を背中に乗せて飛んでくれたりしないかな。なあ、ジジは乗せてもらったことある?」

竜一が聞くと、ジジが「キュイ」と鳴いた。どうやら乗ったことがあるらしい。

「いいなあ。俺も乗りたい」

「キュイ、キュゥィィ」

「ジジから頼んでくれるのか? やった。楽しみにしていよう」

ジジが頷く仕草をし、それからまた棒を持って音の鳴る木を叩き始める。

ジジと二人で演奏をしているうちに、だんだんちゃんとした音階が分かってきた。

「『チューリップ』以外は何ができたっけ」

小学校の頃の音楽の授業を思い出しながら、竜一も演奏を続けた。歌を口ずさみながら、音を探して打っていく。『カエルの合唱』はけっこうすぐにできるようになった。調子に乗ってJポップをやろうとしたら、難しすぎて無理だった。

「もうちょっと真面目に授業を受けていたらよかったな。同級生にはギターやピアノを弾ける子も多かったんだよ」

あっちの世界で生活しているときは、音楽はあまりに身近で、意識することなく常に耳に入ってきた。ここへ来て、久し振りに音楽に触れ、こんなに楽しいものだったのだと、改めて思った。そして、ちゃんとした楽器なんかなくても楽しめるものだということも知った。

「なんだか楽しくなってきた」

音が外れていようがお構いなく、竜一は音の鳴る木を鳴らしながら、知っている歌を口ずさんだ。そういえば、向こうで何度かカラオケに行ったが、ル・デュラはそれも水晶で見ていたんだろうか。ル・デュラが歌ったらどんなだろう。低くて良い声だし、学習能力の高い人だから、きっとすぐに上手になると思った。

長いこと遊んでいると、ジジが竜一の服の裾をちょいちょいと引っ張った。

「ん？　もう飽きちゃった？　洞窟に戻るか？」

ジジよりも夢中になっていたことに気づいて目をやると、ジジがいつものように小首を傾げ、それから森の外に顔を向けた。

「どうした？　ル・デュラが戻ってきたのか……」

ジジにつられてそっちのほうへ顔を向ける。少し離れた木の陰から、ドランが覗いていた。一頭だけではなく、あちらにもこちらにも、みんな木の後ろに隠れたまま、こっちを見ている。

「音に誘われて来たのかな？」

「キュィ」

「あの子たちも音楽が好きなのか」

「キュイ、キュイ！」

「そうか。こんな下手くそな演奏でごめんな」

近づいたら逃げてしまうかもしれないと思い、竜一は気づかない振りをして、再び演奏を始めた。

自信のある『チューリップ』から『カエルの合唱』、そして音の外れまくったＪポップの弾き語り。最後には即興の賑やかなメロディ。

コンサートを続けているうちに、隠れていたドランたちが姿を現し、少しずつ竜一のほうに近づいてくる。辛抱強い「だるまさんが転んだ」状態だ。

ラストの超絶即興妄想曲を演奏する頃には、彼らは竜一のすぐ近くまでやってきて、竜一を見上げながら、音楽に合わせて身体を揺らしていた。


モルドへ来てから約一ヶ月が経った。

ここでの生活にもすっかり慣れ、今は菜園で果物の収穫をしている。足許には、背中に籠を乗せたドランがいて、竜一の手伝いをしている。サイに似た姿の、優しい目をしたドランだ。

山の森での演奏会があってから、竜一はジジ以外のドランとも交流を持つようになり、今ではすっかり仲良しだ。

「重たくない？　ちょっと休もうか」

籠いっぱいになった果物を見て、竜一が声をかけると、ドランはのんびりと顔を上げ、ブフォオと鳴いた。

「そうか。疲れちゃったか。俺も」

「竜一、ドランはまだ運べると言っている」

別の場所でやはり果物の収穫をしていたル・デュラが言った。

「あれ？　間違えたか」

「ドランは力持ちだ。それぐらいの重量など、なんともない。その籠におまえが二十人入っていても、彼は容易に運べるぞ」

ル・デュラが笑い、採れたての果物を口に持っていった。シャリ、と小気味よい音を立て、摘まみ食いをしている。

竜一もそれを真似て、籠から果物を一つ手に取り、歯を立てた。林檎《りんご》と梨《なし》を合わせたような味がして、汁気が多く、とても甘い。

足許にいたドランが竜一を見上げたので、もう一つ取ってドランにもあげた。小玉スイカほどの大きさの果物を一口で嚙み砕き、シャクシャクとやはりいい音を立てて咀嚼《そしゃく》している。

収穫された果物は、そのまま食べたり、絞ってジュースにしたり、乾燥させて保存食になったりする。野菜も同じだ。花だけは摘んだら萎れてしまうので、その日食べる分だけ収穫することになっている。モルドの気候は一年中温暖で、いつでも収穫できるのだそうだ。

「それにしても凄い量だ。他のドランにも、たくさん分けてあげられるね」

この山には、スールの行商人の他にも、野生のドランたちが野菜や果物を分けてもらいにやってくる。ここでしか採れないこれらの作物は、彼らにとっても好物だった。

いずれ自分の番になる者が現れたときのためにと、ル・デュラはこの菜園を作ったのだ。長年掛けて品種改良を繰り返し、ここでしか採れない美味しい果実を育てている。そうしてドランやスールの人たちは、彼の恩恵に与っているのだ。

山の外からやってきたドランのなかに、ル・デュラと同じ、翼のあるドランの姿の者もいた。いつかル・デュラが言っていた王族のドランで、ル・デュラの兄弟の一人だ。竜一も紹介されて挨拶をした。まだ番ではないと説明され、何か言っていたが、ドラン語だったので分からなかった。ル・デュラは通訳してくれなかったから、あまりいい話ではなかったようだ。

「行商人がまた来ないかな。今度来るときは調味料を頼みたい」

ここには酸味のある野菜や、胡椒《こしょう》に似た実はあるが、塩がなかった。人の住む町なら、様々な調味料があるはずだ。麹《こうじ》があれば、味噌《みそ》や醤油《しょうゆ》も作れそうだが、流石に作り方が分からない。

「スールにはどんな調味料があるんだろう」

前回来たときには、竜一は留守番だったので、彼らと会っていない。必要な物があるかと言われてすぐには思いつかず、あとからあれが欲しかったと思ったがもう遅かった。行商人が訪れるのは不定期なので、それまで待つしかない。

「竜一、スールの町に行くか」

「え？」

ル・デュラが唐突に言うので驚いた。

「町に行けるの？　なんで？　だって、俺はスールに知られちゃ駄目なんだろ？」

ル・デュラと出会ってから一ヶ月が経って、竜一はル・デュラとの会話のコツを完璧に掴んでいた。

詳しい回答が欲しいときには、複数の質問をすればいい。ル・デュラは聞いたことには必ず答えてくれるからだ。

「調味料が欲しいのだろう。おまえの存在を、スールの王を差し置いて民に知られるわけにはいかないが、腕の印さえ見咎められなければ、一般のスールとして疑われない。町で必要な物を買えばいい」

「買えばいいって、ル・デュラ、お金あるの？」

「金はない」

「駄目じゃん！」

「金は必要ない。ドランの鱗、それからこの果実を持っていけ」

スールの間では通貨で取引をされているが、ドランとスールとの交渉は、主に物々交換だ。

「行商人として、スールの町へ入れば問題ない」

ドランの鱗や、ここで採れる果物は、スールにとって稀少価値が高い。それを金に換え、竜一が欲しいものを手に入れたらいいとル・デュラが言った。

「え？　俺一人？　ル・デュラは一緒に行かないの？　なんで？」

「私は一緒には行けない。スールの姿になっても、この右腕があるからな。すぐに私だと気づかれてしまう」

「気づかれても別にいいじゃん。行商人に案内されてきたって言えば」

「私は彼らに恐れられている。町へは行かない」

「そうなんだ。全然怖くないのにね」

ドランの王というだけで、畏怖《いふ》の念を抱かれるということかと、納得した。

だから町の近くまで送るから、一人で行ってこいという。

「ジジを付き添わせよう。スールではドランを連れている人々がいるからな。不自然ではない」

そう言って、「さあ、行こう」とスタスタ歩いていくから「えっ？　今っ」と叫びながらル・デュラのあとを追うことになる。まったくいつでも唐突な王様だ。

ドォンという地響きと共に土埃が舞い、ル・デュラがドランになった。

「乗れ」

前にスールから行商人が訪れたとき、帰ってきたル・デュラに、竜一はドランの姿を見せてくれとしつこくお願いした。

躊躇《ちゅうちょ》するル・デュラに、怖くないし、むしろ恰好良いし、見たいし乗りたいしと、ジジと一緒にせがみ、最後には根負けした彼に乗ることに成功したのだ。

それ以来、ル・デュラは、ドランの姿になることに遠慮がなくなり、夜のパトロールに行くときなど、ドランの姿のまま「行ってくる」と挨拶していくようになった。

ドランのル・デュラが恰好良いと言ってしまったが最後、事あるごとに、爆音と共に、ドランに変身するル・デュラなのだった。

ドランの姿のル・デュラに乗り、二つの月の下を飛んでいく。

ル・デュラの背中は大きくて、何度も乗っているから怖くもない。

背骨に沿って並んでいる隆起の間に跨がり、しっかりとしがみつく。竜一の前には同じように短い腕でル・デュラに摑まるジジがいた。

空の散歩は何度もしたが、今回は距離が長かった。幾つもの山を越え、大きな湖の上を渡り、広大な砂漠を過ぎていく。途中、ドランの群れを見つけた。大小の湖が点々と存在し、湖畔《こはん》にドランの姿が見える。

「あの辺りは水が豊富だ」

「移動しているんだね」

「そうだ」

群れで移動する者も、単独で闊歩している者も、とにかくたくさんのドランの姿を上から眺めた。そのどれもが、上空を飛ぶル・デュラの姿を認め、空を見上げている。

眼下に広がるモルドの風景を眺めながら飛んでいくうちに、ようやく町が見えてきた。遠くにある山脈から川が流れていて、その川に沿って、いくつかの町が点在していた。それぞれがかなりの大きさだ。

川の上流にある町が一番大きく、上のほうに立派な建物が見える。スールの王が住む宮殿だろう。ル・デュラはそこへ向かっているようだ。

「随分飛んだね。っていうか、モルドってメッチャ広いじゃん」

竜一が乗っているために、低いところを飛んでいることもあるが、ここに辿り着くまで三時間ほども掛かっていた。

「モルド全土のまだ三分の一にも満たない」

「マジで？」

「まじで」

徐々に高度を落としていく。目指した町のある場所から少し離れた森の中に降り立った。

「ここから歩いていけ。私はその間にこの辺りを見回っていよう。腕だけは見られるな」

そう言って、ル・デュラがすぐに飛び立った。瞬く間に空高く舞い上がり、姿が見えなくなる。

「相変わらずせっかちだな」

思い立てばすぐに行動を起こす。積極的で頼もしいともいえるが、しばしば周りを置き去りにして突っ走る。

……まあ、大概の場合、竜一の要望を叶えようとしての暴走なのだが。

「じゃあ、行こうか」

ジジを伴って、竜一は初めてのスールの町を目指した。

「大丈夫かな。俺、行商人に見える？」

腕の印は着物の袖の下に隠れているが、一応念を入れて腕に布が巻いてある。

ジジが竜一を見上げて、「キュイ」と気軽な声を出した。

森から出ると、湖があった。そこを迂回するように道が作られていて、その先に町が見える。

森から三十分ぐらい掛けて、町の外れに到着した。上から見るよりも町は更に大きく、大勢の人々が行き交っていた。髪の色や肌の色に多少の違いはあるが、外見は竜一と同じ、人の姿だ。

「あー。本当に人がいたんだ」

自分と同じ容貌の人たちを見て、竜一はホッとした。モルドには確かに人が住んでいた。

キョロキョロと辺りを見て回りながら、町の中心部へと進んでいく。石を積み上げた建物に窓硝子はなく、扉は木で作られていた。高層のものは見当たらない。ちらほらと商店もあった。

ル・デュラが言っていたように、ドランを連れている人もいた。荷車を引かせている。

ジジは竜一と一緒に歩いている。背中に果物の入った袋を背負い、二本足ではなく、普通のドランのように四肢を地面につけていた。スールで働くドランたちは王族ではない一般のドランで、だからジジはそのように振る舞っているのだ。

「ごめんな。俺に付き合うために、不自由なことをさせて」

小さな身体で荷物を背負っているのを見て、申し訳なくなって謝ると、ジジはなんでもないというふうな顔をして「キュイ」と元気な返事をくれた。

大通りを過ぎて、町の奥へ進んでいき、やがて賑やかな通りに出た。たくさんの露店が並び、果物や野菜、加工した食品など、様々な物が売られていた。外国のマルシェのような雰囲気だ。

その向こうには、さっき空から見えた宮殿があった。石造りの三階建てで、ゴシック調というのか、壁にも柱にも、びっしりと彫刻が施されている。ゴテゴテと飾りのついた半円の窓と、鉛筆の先のような塔が無数にそびえ立っていて、なんだか触ったら痛そうな建物だと思った。素朴なスールの町並みの中で、あの宮殿だけ異様な雰囲気を放っている。

「さて、まずは換金しないとだな」

ジジが一声鳴いて、先頭だって歩きだした。案内してくれるみたいだ。新参者の竜一を、周りは特に気にする素振りもない。

マルシェ内をいろいろ吟味しながらジジのあとをついていく。新参者の竜一を、周りは特に気にする素振りもない。

しばらく行くと、ジジが一軒の店の前で足を止め、竜一を見上げた。

「ここか。入ってみよう。ちょっと緊張するね」

「キュィ」

ジジに励まされながら、店に足を踏み入れると、五十代ぐらいの男性がカウンターの中にいて、同じような年齢の客の相手をしているところだった。二人とも立派な髭《ひげ》を生やしている。

店主は店に入ってきた竜一を一瞥《いちべつ》し、それから竜一の足許にいるジジに視線を落として、首を傾げたあと、「なんだい?」と言った。

ル・デュラに教えられた通りに、ドランの鱗と果実を換金してほしいと伝えた。「見せてみな」と言われ、ジジの背中からそれらを取り出して、カウンターに置いた。

店主と客とでそれを見て、「ほう」と頷く。

「大型のドランの鱗じゃないか。傷もないし、いい品だ。果実も王様の山のものだ。行ってきたのか?」

「はい」

「遠くまでご苦労だったな。よし、置いていってもらおうか」

出迎えたときには胡散くさそうな顔をしていた店主が、品物を見た途端、愛想のいい声を出し、店の奥から袋を持ってくる。

銅色のコインがカウンターの上に載せられる。それを五枚積み上げ、「どうだ」と言った。どうだと聞かれても、スールの貨幣価値など分からない。

「コイン五枚？」

首を傾げながら竜一が呟くと、足許でジジが「キュキュ」と鋭く鳴いた。

「もうちょっとどうにかならないかな」

竜一の声に、店主があと三枚積み上げる。

「八枚？」

「キュキュキュッ」

竜一が初めて見る顔で、若いということもあり、完全に舐められているようだ。

「それじゃあ渡せないよ。もう少し。十枚？　それで限界？」

「キュキュッ」

「全然足りないよ。こんなにいい品なのに。じゃあ他所を当たろうかなあ……」

「待て、これでどうだ」

店主が三枚、五枚とコインを重ね、そのたびにジジが鳴き、それに合わせて「あと一声」と粘っていく。

結局コイン三十五枚まで値が吊り上がり、ようやくジジが承諾の声を上げた。

ジジの助言がなかったら、価値が分からないまま、初めの五枚で納得していた。それにしても、相場の七分の一の値段で手に入れようとは、もの凄い悪徳業者だ。

竜一と店主とのやり取りを隣で見ていた客が、「おまえさんやり手だね」とニヤニヤしている。

「なあ、その果実、俺に買わせてくれ」

そしてその場で買い付けを始めた。

「駄目だ。もう取り次ぎ先が決まっているんだ。横流しなんかしたら、商売ができなくなる」

「内緒でさ。売りゃしないよ。家族が好きなんだ。なかなか手に入んないだろ？　売ってくれ」

客と店主での押し問答が始まる。ル・デュラの山の果実は、とても人気があるようだ。

換金を済ませたので、店を出ることにした。カウンターでは客と店主とでまだやり合っている。

「あーあ、あの暴君のせいで欲しいもんも手に入らない。生活しにくくってしょうがねえや」

客が出した荒い言葉に、竜一は出ていきかけた足を止めた。

「暴君って、ル・デュラのこと？」

竜一の問いに、客は最初「へ？」と意味が分からないという顔をして、それから「ああ、そういやそんな名だった」と言って顔を顰めた。

「暴君っていったらあいつしかいないだろうよ。そういえば、さっきここの上を飛んでいたな。嫌なもんを見ちまったよ」

客の声に、店主も頷いている。二人の顔には、ル・デュラに対する嫌悪が滲み出ていた。

「あれさえいなけりゃ、果実も鱗も簡単に手に入るのに。ドランを使うのも制限されているしな」

ドランの王との協定があるために、自分たちは不自由していると彼らは言った。先代の王のときは、ドランとスールは、もっと平和的なやり取りをしていたのにと、溜め息を吐く。

「前の王様のほうが、話が分かったっていう話だ。今のあれは怒らせたら危ないからな。みんな怖がっちまっている。残酷なやつだから」

ル・デュラが自分は恐れられていると言ったのは、そのままの意味だったようだ。

だけど彼らの話は、竜一の知っているル・デュラとはかけ離れていて、全然しっくりこない。竜一の知っているドランの王は、口下手だけど誠実で、とても優しい人なのに、彼らはそうではないと言っているのだ。

「あと数百年は先代が王位に即いていたはずなのに、息子に殺されちまったからな」

初めて知る事実に、竜一は目を見開いた。

「ル・デュラが父親を殺したって、本当？」

「あいつが原因で死んじまったんだろうが。殺したも同然だ」

詳しく話を聞くと、数百年前、まだ先代のラ・デュラが王位に即いていたとき、息子のル・デュラが突然乱心したのだという。その暴れようはモルドの地形が変わってしまうほどで、そのときに右腕を失うことになったのだそうだ。

「なくした腕の代わりに、父親が自分の腕をあげちまった。寿命が縮んだのはそのせいだ。腕がなくなったのは自業自得なのによ。死ぬなら息子のほうが死ねばよかったんだ」

ル・デュラの乱心の影響はスールの町にまで及び、壊滅状態に追い込まれたのだという。

それから長い年月を掛けて、スールは再建し、今に至る。だが、刻み込まれたル・デュラへの恐怖は、様々な形で語り継がれているのだと言った。

「スールの王家に代々伝わる宝物も、そのときになくなってしまったんだそうだ。何しろ町も宮殿も滅茶苦茶にされたからな。……あの暴君が盗んでいったんじゃないかっていう噂《うわさ》もある」

「宝物って？」

「そこまでは俺らも知らないよ。何しろ何百年も前の話だから。だが、あっちこっちで語り継がれている話のなかには、大切な物をあいつに奪われたっていうのもあるからな」

宝物と聞いて、竜一には思い浮かぶものがあった。

ル・デュラが竜一の様子を垣間見るために使っていた水晶だ。だけど、あれはドランの祖先が作ったものだと言っていた。スールの宝物とは別なのか。それともどちらかの主張が間違っているのか。

「おまえさん、知らないのか？」

考え込んでいる竜一の顔を眺め、「あの破壊王の数々の残虐行為は有名な話だぞ」と、店主が腑に落ちない顔をした。

「まあ、若いからな。知らないってこともあるだろうよ。ああ、だからおまえさん、ドランの王の住む山まで出掛けてったんだろう。怖いもの知らずだっただけなんだな」

不思議がる店主に、客が訳知り顔をして竜一のことを語る。

「俺らが聞いた話だって、様々だろ？　なかには完全にお伽噺《とぎばなし》だろうっていう話を真剣な顔をして言うやつもいるじゃないか。ほら、あの破壊王の番の話」

番、という言葉を聞き、竜一が顔を上げると、店主が笑いながら、「ああ、あれね」と言って、やれやれというように首を振った。

「腕をなくした原因が、自分の番を守るためだったたっていう話だろ？」

「え……？」

思いがけない言葉に、竜一は驚きの声を上げたまま絶句した。

「ドランの王の真の番がスール人から生まれるっていう伝承があるんだ。それを守ろうとして戦ったんだとよ」

笑いながら店主が言い、「出鱈目《でたらめ》だよ」と否定する。

「スールのなかにはドランを庇うやつもいるからな。そいつらの作り話だ」

ドランを大切に扱ってくれるスールにしかル・デュラはドランを預けない。少しでもぞんざいな扱いをすれば、すぐにでも飛んでくるから、恐ろしくて、滅多なことはできず、だからドランを飼うことのできるスールは限られていて、それも不公平だと不満が溜まっているのだという。

「あの暴君を相手に誰が戦ったっていうんだよ。モルドにはうちらスールと、ドランしかいないんだから。あいつには誰も敵わない」

ル・デュラのような凶暴なドランを相手に戦いを挑む者などスールにはいないと、店主が憎々しげな声を出す。

「初の種族……とか？」

スールには、魔術を操る稀少な種族がいるとル・デュラが言っていた。もしかしたらそれが絡んでいるのではないかと思い、聞いてみたが、店主と客は、「はあ？」と言って顔を見合わせた。

「なんだ、そりゃ」

「だから、スールのもう一つの種族で、魔術を使うっていう……」

竜一の話が終わらないうちに、二人は盛大な笑い声を上げ、「ないない」と手を振った。

「そんな話は初めて聞いたよ。いろんな話があるにはあるが、それはあんまりにも荒唐無稽《こうとうむけい》というもんだ」

スールには種族の違いなどあるはずがなく、魔術を操る者ももちろんいないと、笑い飛ばす。

「まあ、それもお伽噺の一つだな。あの暴君を退治してもらいたいっていう願望から作られたんだろう。しかし面白いことを言うねえ。そんな話、どこから聞いたんだ？」

「あ、いや。……どこだったかな」

ル・デュラに関しての伝承はいくつもあり、どれが真実なのか、またはどれも真実ではないのか、分からないのだという。ただ、ル・デュラが暴君、破壊王と呼ばれ、そう呼ばれるに値する行動を取り、皆に恐れられているということだけは事実だと言った。

「おまえさんだって、数年前のことは流石に覚えているだろう？」

ル・デュラは、数年前にも大暴れをし、やはりモルドの地形を変えてしまったのだという。のたうち回るようにして暴れるル・デュラを、たくさんのスールが目撃している。恐ろしいほどの咆哮《ほうこう》が何日にも亘って響き渡り、そしてル・デュラが去ったあとには、削り取られた岩山や、木々を根こそぎなぎ倒された森が残ったと。

「暴れるあいつを何人ものスールが見た。みんな口を揃えて化け物だって言っていたよ。スールに化けたって同じだ。ああ、おまえさん、王様の山へ行ったのなら、見たんだろ？　どんなだった？　前に話した行商人は、恐ろしくて顔なんか拝めなかったって言ってたよ」

心底嫌そうに、店主が言った。スールの姿になったル・デュラを見た者は、僅かな行商人のみで、店主も客も見たことがないのだ。

「片腕がドランのままの、おぞましい姿をしているんだろう？　あんなのと番になるだなんて、見初められたスールが気の毒だな」

「最近じゃ滅多に姿を現さないと安心していたのに、今日のように不意にやってくると、また暴れられるんじゃないかと気が気じゃなくなる。まったく迷惑な話だよ。腕だけじゃなく、身体ごとこの世からいなくなってくれりゃあいいのに」

店主と客のル・デュラに対する悪口は延々と続き、竜一はこれ以上聞きたくなくて、店をあとにした。

トボトボと歩いている竜一の足許で、「キュィー……」というジジの声がする。

「……あ、ごめん。ジジのこと……忘れてた」

店で聞いた話が衝撃的すぎて、茫然としたまま出てきてしまったのだ。

竜一の顔を見上げるジジは、とても心配そうだ。

「大丈夫。あんな話、信じてないからね」

二人の悪意ある風評は、まったく信じていない。自分が知っているル・デュラの姿が真実だと思う。

竜一は人を見る目はあるのだ。彼は残酷でも、暴君でもない。

ただ、噂話の端々に、竜一に繋がるキーワードが見え隠れしていて、そのことに胸が騒ぐのだ。

ル・デュラのあの右腕は、父親から譲り受けたものだった。そして、腕を失った理由。

どちらも確証のない言い伝えの域を出ず、彼らの言ったように、長い年月の中で歪曲され、そこに新しい話を継ぎ足したお伽噺なのかもしれない。

「ジジは知っているんだよね。どれが本当で、どれが嘘か」

ジジが見上げる。言葉が分からないのがもどかしいと思った。

「……本人に聞いてみるしかないか」

聞けばル・デュラはきっと答えてくれる。だが、聞くのが怖い気もした。

スールの町を出て、ル・デュラに降ろしてもらった森に戻り、彼の迎えを待つ。

そういえば、待ち合わせの時間を決めていなかったと気がつき、遠くまでパトロールに行っているのだろうかと心配していると、ほどなくしてル・デュラが上空に現れた。

「そうか。ル・デュラには分かるのか」

前にスールの行商人が来たときも、彼は察知していた。それに一番初め、竜一がここへ飛ばされてきたときも、真っ直ぐに迎えに来た。あれは飛ばされてきた自分の姿が水晶に映ったからかと思っていたが、今上空にいるル・デュラを見れば、そうでもないようだ。

「凄いな」

ル・デュラとあの山に住むようになって約一ヶ月。だいぶル・デュラのことを理解したと思っていたのだが、まだ全然だったらしい。

彼のドランの王としての能力も、右腕を失った理由も、その他の過去も、なんにも知らない。

「綺麗だな」

二つの月に照らされて、ル・デュラが悠々と空を舞っている。

その姿を眺めながら、竜一は先ほど町で聞かされた噂のことを考えた。

見る側の位置が違えば、見え方も変わる。ドランにとって、ル・デュラは自分たちを守ってくれる逞しい王で、そのためにはスールに強い態度で出ることもあるのだろう。スールの民が、そんなル・デュラに恐れを抱くというのは、なんとなく分かるような気がする。

だけどあの換金所での店主と客は、そういった恐れとは違う、強い憎しみと悪意を抱いていた。それでいて彼らは、直接ル・デュラに攻撃されたわけではなく、話はすべて人づてで、彼の姿を見たことすらないと言っていたのだ。

風評というものは、悪いことほど早く広がり、人の心に強く根付く。竜一は、彼らの妄信的なまでの嫌悪に、なんとなく違和感を覚えたのだ。

それからもう一つ、どうにも腑に落ちないことがある。

モルドには、空を飛び、人語を理解するドランの王族がいる。その王は、ドランにもスールにも姿を変えることができるのだ。それを普通のこととして、スールの民は受け容れている。それなのに、初の種族の話をしたら、なんのことだと首を傾げたのだ。魔術を操る者がいたという竜一の言葉を、荒唐無稽だと笑い飛ばした。ドランがいるのなら、魔術を操る者がいても、なんらおかしくないと思うのに。

「ドランはよくて、なんで初の種族は駄目なんだ？」

首を傾げている竜一の前に、地響きと共にル・デュラが降り立った。

「竜一、買い物は済んだか」

そう言って、大きな身体を低くして、竜一とジジを背中に乗せた。バサリと風が起こり、ル・デュラが空高く舞い上がる。

「割合と早く戻ったのだな。満足いく買い物はできたのか」

「うん。まあね」

換金したあと、竜一はジジを伴ってマルシェの中を歩き、目的の調味料を買った。町に入ったときには他にもいろいろと見て回ろうと思っていたのだが、換金所を出たあとには、その気は失せていた。町の中を歩いていても、誰も竜一のことを、ル・デュラの番だとは思わなかった。商品を見ていけと、竜一に声をかける人もいた。

みんな竜一を、自分たちと同じスールの民だと信じて疑わない。それが嫌だと思った。

竜一と一緒に歩いているジジを見て、そんなに小さいドランで役に立つのかと話しかけられた。そんな雑魚しか貸してもらえなかったのか、ケチくさいドランの王だと言われた。ドランはスールの民が好きで、自主的に仕事を手伝っているのに、まるでル・デュラがドランを取引の道具に使っているようなことを言われ、腹が立った。ジジも雑魚なんかじゃない。こんなに賢くて可愛いのに、彼らにとって家畜扱いなのが許せなかった。

マルシェの中に、ドランの干した肉をこっそり売っている店があった。……吐き気がした。

「なあ、ル・デュラ。山に戻ったらさ、ル・デュラの家に行きたい」

「私の家にか。いいぞ」

ル・デュラの住み処には、以前招待してもらった。そこは山の山頂付近にある洞窟で、ドランの姿のル・デュラが休めるような、広い空間だった。竜一のベッドに使っているのと同じ干し草が山盛りに敷いてあるだけで、本当に何もない家だった。

「ル・デュラの水晶が見たいんだ」

「ああ、いいぞ」

異世界の様子を覗ける水晶は、洞窟の奥にある深い穴の中に、大切に保管されていた。以前竜一が覗いたときには、水晶は何も映さず、いつも映るわけではないと、ル・デュラに説明された。

「今日は何か映るかな」

「分からない。気まぐれな水晶だ」

「そうか。今日は機嫌がいいといいね」

ル・デュラの背に乗ったまま、そんな会話をした。

飛んできた道を戻り、来るときに見た光景をもう一度眼下に望む。さっき湖畔にいたドランたちは、また別の湖を目指して移動しているところだった。ル・デュラが上を通ると、来るときと同じように空を見上げ、見送ってくれた。


山に戻り、そのままル・デュラの住み処に行く。

干し草の上に座り、ル・デュラが水晶を出してくるのを待った。ジジが果実を搾ったジュースを持ってきてくれて、それを置いたらどこかへ消えていった。ジジの住み処は、竜一の洞窟の近くにある。そこに戻ったのか、もしかしたら音の鳴る木の森へ行ったのかもしれない。ジジはあそこがお気に入りだ。

ジュースを飲んで待っていると、ル・デュラが水晶を手に戻ってきた。それを竜一に手渡し、一緒に干し草の上に座る。

ル・デュラの先祖が作ったという水晶は、ソフトボールぐらいの大きさで、ずっしりと重い。表面は硝子のように透明で、だけど中が透けて見えないのが不思議だ。

「俺がモルドにやってきたとき、ここに俺が映ったの？　だから俺を迎えに来たんだ」

「そうだ。だが、映らずとも分かった」

竜一がモルドに落ちてきた瞬間、竜一の気配を強く感じ、そこへ向かって飛んでいったのだとル・

デュラが言った。

「今日は何か見えるだろうか」

両手で水晶を持ち、掲げるようにして見ている竜一の横で、ル・デュラが、頬がくっつくぐらいまで近づき、一緒に覗いてきた。

水晶に目を凝らすが、今日もそこには何も映らない。洞窟の外から入ってくる光を反射させ、波のような模様が見え隠れするだけだった。

「何も見えないね。俺がこっちに来ちゃったから、もう役目は終わったってことなのかな」

「水晶の役目はそれだけではないが。……向こうの様子が気になるのか」

ずっと水晶を見つめている竜一に、ル・デュラが聞いた。

「帰りたいか」

「だって帰れないんだろ？」

ル・デュラが黙ってしまい、今の言い方はまずかったと後悔した。ざわついた気持ちのまま、ル・デュラに当たってしまった。

「ごめん、今のは悪かった。帰りたいかって聞かれたら、帰りたいって思うよ。だってやっぱり、家族はどうしてるんだろうなって思うもん。でも、帰れないよって言われたら、ああ、そうかって思うだけ」

気掛かりは気掛かりのまま、たぶん消えることはないと思う。十九年間、自分はあの家族のもとでずっと暮らしてきたのだから。

「ここの暮らしは悪くないって思っているよ。ジジも他のドランたちも可愛いし、ル・デュラも優しいし、楽しいこともいっぱいある」

本当だよと言うと、ル・デュラが眩しそうに目を細めた。

「それよりも、ル・デュラのことが聞きたい」

「私のことをか。いいぞ。なんでも聞け」

水晶を手に持ったまま、何からどんなふうに聞こうかと考える。

「まずは、……そうだな。ル・デュラのその右腕は、誰の腕なの？」

「私の父、ラ・デュラのものだ」

何事もないように、ル・デュラがすんなりと答える。

「その腕を失った理由を教えてくれるか？」

「町で私のことを聞いたのか」

ル・デュラが、竜一の目を見つめた。真っ直ぐに注がれる視線はまったくぶれず、後ろ暗いことも、隠そうという思いもないように見えた。

「うん。噂や、お伽噺だっていう伝承のこととか、いろいろ聞いた。でもよく分かんなくて。だってル・デュラ本人から聞いてないから。だから聞きたい」

ル・デュラの口から、真実を聞かせてもらいたい。

「その腕は、どうしてなくなることになったんだ？」

ル・デュラが思い出そうとするように瞼を閉じ、それがゆっくりと開かれた。

「三百年前、私は、私の大切な番を救おうとして、腕を失った」

竜一を見つめたまま、ル・デュラが静かに語った。

「俺のせいだったんだ……？」

「そうしなければならなかった。私は後悔していない。竜一は、今こうして私のもとに戻ってきてくれたのだから」

そう言ってル・デュラが微笑み、私の大切な番、と呟き、竜一の頬に触れた。ドランのままの指先が、竜一の頬を撫でている。

「どうしてそうなったのか教えてくれるか？　俺を救ったっていうのは、どういうこと？　三百年前に何があったの？」

どんなに複雑な事情でも、漏らさずに全部を聞こうと、竜一は姿勢を正した。そんな竜一を見つめていたル・デュラが、ふと視線を落とし、竜一が持っている水晶を手に取った。

「三百年前のあの日、ここにおまえの核《かく》となるものが映った。それは柔らかく、淡い光で、私に語りかけるように輝いた。私は、この光が私の番だと確信したのだ。あのときの私の喜びは言葉には尽くせない。……やっと会える」

占い師の予言が実現することを知ったル・デュラは、やがてこの光がスールの民に宿り、この世に生まれ出ることを心待ちにした。

「だが、番の誕生を快く思わない者がいた。ドランがスールと繋がり、我々の力が更に増すことを恐れ、妨害しようとした」

「それは……誰？」

ある予感をもって竜一が聞くと、ル・デュラが竜一を見つめ、「初の種族の者たち。スールの民だ」と言った。

「我々は、そのような考えを持つ者がいたことを知らなかった。ドランとスールが結ばれることを、皆喜ぶものだと思っていた。初の種族が未だ存続していたことも知らなかった。我々ドランがスールの支配下から解放されてから、かなりの月日が経っていた。その間に彼らの血を受け継ぐ者はいなくなり、滅んだものだと思っていたのだ」

「ドランがスールの支配下にいた？」

信じられない話だと、竜一がル・デュラを見ると、ル・デュラがゆっくりと頷いた。

「……遠く、太古の昔、ドランは知性も持たず、魔力もない、ただの家畜だった」

何万年もの昔、モルドを支配していたのはスールだった。その頃のドランは、スールに食用にされたり、道具作りの材料として皮や鱗を剝《は》がれたり、または労働用に飼われたりと、彼らに搾取されるだけの存在だった。

その頃のスールには、初の種族が多く存在し、モルドで絶対的な力を持っていた。魔術を用いて、ドランをより自分たちが使いやすいようにと改良し、大型のドランや空を飛べるドラン、人語を理解するドランなど、多種多様なドランが生み出されていった。

「初の種族が支配したのは、ドランだけではなく、魔力を持たない一般のスールの民も同じだった。初の種族は、自分たち以外のスールを奴隷のように扱った。モルドの暗黒の歴史だ」

搾取され続けた長く暗い歴史を、ル・デュラは抑揚のない声で、淡々と語る。

「初の種族のなかにも、ドランに愛着や憐憫《れんびん》の情を持つ者もいた。また、彼らのなかでも魔力を持つ子が必ず生まれてくるわけではなく、その数はだんだん減っていき、やがて淘汰《とうた》されるだろうという考えを持つ者も現れた。そんな中、初の種族の一人が予言したのだ」

――互いに番の印を持ったドランとスールが誕生する。彼らが架け橋となり、二つの種は一つになり、モルドを支配するだろう――と。

自分たちの未来に危惧を持った初の種族は、スールをますます強く締め付け、自分たちの永続に尽力した。予言では、番の身体には対となる紋様が現れるとされ、彼らは赤子が生まれると、その印が付いていないか確認して回った。そして、少しでも痣のある者は取り上げ、葬ったのだという。

ドランの改良もやめた。

だが、ドランの進化は止まらず、そのうちに自我が芽生え、ついには魔力を操る者が出現した。過去に初の種族が改良を繰り返し、魔力を注ぎ込み続けた結果、その魔力をすべて内包した、スールの姿を持つドランが誕生したのだ。

「私やジジ、父、ラ・デュラの先祖となる、ソ・デュラだ」

ソ・デュラは、自分たちドランを初の種族の支配から解放するために働き、同じように奴隷として虐げられていた一般のスールの民にも力を貸した。絶大な力を持つソ・デュラには、もはや誰も敵わず、初の種族は呆気なく降伏した。そうしてドランと一般のスールは各々が初の種族から独立し、モルドの新たな歴史が始まったのだ。

「ドランはすべて解放され、モルドで自由に生活する権利を得た。スールもまた、新しく国を作り、自分たちで生活を営み始めた。ソ・デュラはドランを保護する役を担い、彼はドランの王と呼ばれるようになった。その上で、スールとも友好的な繋がりを持ち続けた。我々ドランがスールに対し、好感情を持つのも、ソ・デュラの祈りの思いが我々の中にずっと流れているからだ」

ソ・デュラは自分の子どものうち、自分と同じ力を持つ者に「デュラ」の名を与えた。自分の魔力を注入して作り上げた水晶を、王の継承の印としたのだ。それは、番の出現を予言した占い師の残した神託によるものだった。

「いずれ水晶に番の姿が現れる。それを守り、モルド内に生誕するのを待てと言われた。ソ・デュラは神託に則り、己の寿命を投じてまで、この水晶を作り上げたのだ」

ル・デュラが手にした水晶を、愛おしいものを愛でるように掌に包んだ。

「この水晶には、ソ・デュラの魔力がすべて注ぎ込んである。王族が翼を持つのも、スールの言葉を理解できるのも、この水晶の力があるからだ」

ドランの王族は、ソ・デュラが作り上げた水晶の魔力のお蔭で今の姿を保持している。初の種族によって改良され、偶然に得た力を、永続的に持ち続けられるようにされているのだ。

「この水晶がなくなれば、我々は翼を失う。スールとの交流も持てなくなるだろう」

「じゃあこの水晶って、もの凄く大切なものなんだね」

「そうだ」

そうしてソ・デュラの時代から今に至るまで、水晶はドランの宝物として、大切に継承されてきた。

「これは、我々ドランの希望であり、今私たちがこうしていられることの証しであり、ドランの歴史の始まりを知る者でもある」

平和な時代が続き、スールとドランが数を増やす中、逆に初の種族は衰退していった。初の種族から解放されたときに、心優しいソ・デュラは、彼らを殺すことはせず、二度と自分たちを搾取しないと約束させ、彼らのことも解放していた。

「初の種族もまた長命だが、何千年も生きられるものではない。長い年月の中、徐々に数が減っていき、いつしか誰も目にする者がいなくなった」

　彼らは支配の歴史を閉じ、滅んだとされた。そうしてスールの記憶からも消えていった。

「だが、初の種族は滅んではいなかった。密かにその血を繋ぎ、自分たちが既に滅んだのだと我々に思い込ませ、おまえを奪い、消し去る機会を待っていたのだ」

　魔術を操る初の種族は、自分たちの力を隠し、その存在をスールにもドランにも忘れ去らせた。そうしながら何食わぬ顔をして、一般のスールの民のなかに交じっていたのだ。そして、ル・デュラたちとは別の目的のもと、番の出現を待っていた。

「父、ラ・デュラは、水晶の中に私を見つけ、ほどなくして私が生まれた。そしてその二百年後、今度は私が、おまえを見つけた」

　手にした水晶を竜一の前に翳《かざ》し、ル・デュラが言った。

「私は番の誕生が近いことを父に報告し、父はスールの王にその話を伝えた。皆で祝い、番が誕生するのを待つのみとなっていたある日、……この水晶が奪われてしまった」

　平穏な時代が続く中、不穏な考えを持つ者の存在に、ドランたちは気づかなかった。

「水晶には多大な力が備わっている。これは我々ドランに不可欠な宝であると同時に、初の種族にとっても、利用価値のあるものだった」

　かつて自分たちが魔力を注ぎ込んで作り上げたドランだ。それが残した水晶は、自分たちこそが所有すべきだという考えを持った。

「初の種族は、この水晶の力を用いて、再びモルドを自分たちの支配下に置くことを目論んでいた。そのためには、番の存在は邪魔だと考えた。彼らは水晶を奪い、これから誕生しようとする番の抹消を図った」

血眼になって探し回ったと、その頃のことを語るル・デュラの顔からは、いつもの穏やかな微笑が消えていた。眉間に力が入り、長い髪がぶわりと総毛立った。瞳の色が濃さを増し、黒かったそれが金色に変化する。

「探して、探して、探して……探して、空を駆け、大地を這いずった」

番の微かな気配を頼りに、地を割り、山を砕き、森をなぎ払いながら、水晶と、その中に浮かぶ番を、ル・デュラは探した。

スールの人々が言い伝えていたル・デュラの乱心とは、そのことだったのだ。

そしてとうとう番の行方を突き止めたとき、番はまさに初の種族の手によって抹消される寸前だったという。

「私は番を奪い返そうと彼らに挑んだ。だが、水晶の魔力を得た初の種族の力は強く、簡単には取り返せない」

結界を張られ、水晶を持つ人物の側へ近づけないようにされた。ドランの姿になり、力ずくで奪い返す手もあったが、容易にはできないわけがある。

「我々ドランには、スールを殺してはならないという掟があるのだ」

ドランとスールが初の種族から解放されたとき、ソ・デュラがそう約束をした。力の差が歴然とある二つの種族の平和のために、そう取り決めたのだという。

だが、水晶を奪われた今は、そんなことを言っていられなかった。ル・デュラは、捨て身の覚悟で初の種族に挑み、邪魔をする彼らを蹴散らしていく。

複数の初の種族を相手に戦っている間に、彼らの総帥となる者が水晶の中に炎を送り込んだ。番の核を内側から焼き殺そうとしたのだ。

「その光景を見た瞬間、私の中で何かが壊れた。私は叫び声を上げながら、気づけば水晶の中に自分の腕を差し入れていた」

どのようにして結界を破り、総帥のもとまで辿り着いたのか覚えていない。そして気がついたときには、ル・デュラは番の核を掌に包んでいたのだという。

「炎は消し飛び、守りきったと、安堵したことを覚えている。おまえは安心したように私の手に寄り添った。とても温かいと感じた」

だが、安心したのもつかの間、初の種族は番を消し去ろうと、再び呪術を放った。

ル・デュラは呪術に抗い、水晶に差し入れた腕を抜かなかった。ソ・デュラの全魔力を内包した水晶の力は絶大で、だが、そのときのル・デュラも箍が外れていた。

「どうなろうとこの手を離さないと、それだけを考えていた。昔も今も、あれ以上の力を出せたことはないのだ」

ル・デュラの強い魔力に守られ、番を消し去ることを諦めた初の種族は、ならばモルドから遠く離れた異世界へ飛ばし、二度と戻ってこられないようにと術を掛けた。水晶に片腕を差し入れたままのル・デュラは、番を守ることに精いっぱいで、初の種族からの攻撃に対抗できなかった。それでも番をこの手から離さず、とうとう腕が千切れ、ル・デュラのもとから離れてしまう。

「私の腕ごと、私の番はどこかへ連れ去られてしまった。形を成すことなく、私に出会うことなく、私の前からいなくなってしまった。そして私は……」

怒り狂ったル・デュラは、その場にいた初の種族を全員殺してしまったと言った。

「目の前が真っ赤になり、その後の記憶がない。正気に戻ったときには、私は初の種族の累々とした屍の前にいた」

残された自分の腕を見つめ、ル・デュラが苦悶《くもん》の表情を浮かべる。

「記憶はないが、怒りに我を忘れた私は、彼らを殺したのだ。私の左手は、……血にまみれていた」

「……ル・デュラ」

「滅んだと思われていた初の種族は、私の手によって完全に滅ぼされたのだ。スールの王には、父が説明をし、謝罪をした。私はその場には行けなかった。片腕を失った私の姿は、初の種族との壮絶な戦いを物語り、彼らに恐怖を与えるからと」

スールの王はラ・デュラの謝罪を受け容れたが、それでも大勢を殺してしまった事実は二つの国の間に深い溝を作ってしまった。それ以降、交流は極端に減り、今ではほとんどなくなってしまっている。

「そうだったのか」

スールの町で、竜一が抱いた違和感の意味が分かった気がした。三百年前に起こった事件の頃には、初の種族の記憶がスールの民には既になかった。そんなときに起こしたル・デュラの行動は、一方的に暴れ、モルドを破壊しただけに見えたのだろう。

ル・デュラ自身も、弁解をするような人ではない。たぶん彼の父も同じだったのではないだろうか。スールのなかでは、ル・デュラがやった破壊行為の記憶だけが残り、初の種族の存在も、彼らが先に仕掛けたことも、きっと何も知らないまま、恐怖だけが語り継がれた結果が今なのだ。

初の種族を全滅させたことにより、水晶は再びル・デュラの手に戻った。しかし番の行方は分からなくなってしまった。嘆き悲しむル・デュラを、父は慰め、自分の右腕を息子に与えたという。

「それからは、番の行方を探すことに費やした。居場所は分からなくとも、番の気配は消えていない。私は番の行方を教えてくれと、水晶に願い続けた」

百年、二百年と月日が過ぎ、ついに父の寿命が尽きた。王の継承権を持つル・デュラが跡目を継ぎ、王としての責務を果たしながら、その間もずっと待ち続けた。

「そして十九年前のあの日、おまえの姿が水晶に映ったのだ」

ル・デュラが見たものは、淡い光の核ではなく、小さな赤ん坊だった。そしてその右腕には、番の証しの印が、しっかりと刻まれていたのだという。

「三百年の月日を掛け、私はとうとうおまえを見つけた。……あのときの喜びを、私は言葉で表すことができない。そして戻ってこいと、更に願い続けたのだ」

ル・デュラが腕を失ったのには、壮絶な理由があった。それを聞かされ、竜一は、かける言葉が見つからない。

竜一のせいで、竜一のために、ル・デュラは番の印を持つ腕を失い、それでも竜一の訪れを待ち、水晶に願い続けたのだ。

「……俺は、三百年の間、異空間で漂っていたのか」

ル・デュラが手にしている水晶を眺め、不思議な感覚に陥る。

形も思考も持たないまま、竜一は長い間彷徨《さまよ》い続け、そして桜庭竜一という人間として、地球上に生まれ出た。

「私の腕についての話は、ここまでだ。それからはただただおまえを待ち続ける日々が続いた」

そして今も待っていると、竜一に視線を送ってくる。熱の籠もったル・デュラの視線に、竜一は狼狽えてしまい、さりげなく下を向いた。

「……一緒に飛ばされたル・デュラの腕は、どこに行っちゃったんだろうね。それも探せないかな」

水晶を覗き、ル・デュラの腕よ、出てこいと、唱えてみる。

「おまえを守れたのだから、本望だ」

ル・デュラはそう言って、水晶を覗く竜一に再び頬を寄せてきた。

消えてしまった竜一を探している間、ル・デュラはどんな思いでいたのだろう。

「なあ、ル・デュラ。諦めようとは思わなかったのか？」

ル・デュラが生まれてから水晶にそれが現れるまでに、二百年あったと言っていた。やっと現れたと思ったら、今度は初の種族により飛ばされてしまい、その後更に三百年待ったのだ。

竜一だったらとっくに諦めていたと思う。いつ現れるのかも、どこにいるのかさえ分からないものを、定めの番だからといって、待ち続けられるものだろうか。しかも最初竜一は、核という光で、姿さえなかったのに。

「諦めるものか」

竜一の問いに、ル・デュラは迷いのない声で、そう言った。

「おまえは私の唯一の番だ。私はおまえ以外の番は持たない。誰になんと言われようとも、私は信念を貫いたのだ」

「それって、誰かになんか言われたってことだよね」

ル・デュラの言葉尻をとって、竜一がおどけて言うと、ル・デュラが片眉を上げてみせた。

「かりそめの番をもうけてはどうかと薦められた。まずは子をもうけろと。王は子孫を残すことが大切な仕事だ。私の父、ラ・デュラも、多くのドランと契り、たくさんの子をもうけた」

誠実なル・デュラは、こういうときにも正直だ。

「だが、私はおまえ以外の番はいらない。私はおまえと多くの子をもうけたい」

「産むのが俺なんだろ？　そんなにいっぱい産めないよ」

「任せておけ」

「何をだよ」

「……たとえすべてのドランが滅びようとも、私の番はおまえだけだ」

ル・デュラが完全な口説きモードに突入し、竜一もいつものようにはぐらかす。

「滅びたらまずいでしょ」

「それでも私は、私の信念を貫く」

あまりにも真剣な声を出すので、竜一は返事に困り、「頑固な王様だ」と茶化すしかなかった。

いつかは覚悟というのを決めないといけないのだろうが、……いや、決めないし、断るしかないんだけど、そうしたらきっとル・デュラは、最初のときのように絶望するんだろうと思うと、それも可哀想だと思ってしまって、ついはぐらかしてしまうのだ。

「そろそろ覚悟は決まらないか」

「んー、まだだなあ」

最近は、このやり取りを楽しくさえ感じている。

「いつまででも待っている」

「そんなことを言って、またすぐに言うんだろう？　覚悟はできたかって」

「確認は怠らない。ドランの王の勤めだ」

「確認しすぎだってば」

まだここに来て一ヶ月しか経っていない。もう少しこの戯《たわむ》れのようなやり取りを続けていたい。

そのとき竜一は、ル・デュラの言った言葉の本当の意味を、知らずにいたのだった。


雨が三日続いていた。

紗幕《しゃまく》のような薄い雲の後ろに、二つの月がぼんやりと見える。空の色は相変わらずピンクがかった灰色をしていた。これがモルドの雨模様だ。

竜一がドランに来てから半年が経った。

雨が降っていても、気温はそんなに低くならない。霧雨が辺りを覆い、すべての景色が薄まっているような感じだ。

今朝もジジが明かりを持ってやってきた。泥炭を燃やしたランプを、いつものように洞窟の棚に置く。火を起こすのに、マッチやライターは使わないし、そもそもそんなものはない。ではどうやって火を点けるのかというと、竜一の知っているような摩擦《まさつ》で起こすやり方ではなかった。

ジジは火を噴けるのだった。

口から炎を出したのを見たときには驚いた。これもドランの王族の特殊能力なのかと思ったら、一般のドランでも火を噴く種類がいるそうだ。力持ちだったり、水の中を泳いだり、もの凄く足が速かったりと、ドランにも様々な能力がある。そのなかで空を飛べたり、スール語を理解できたりするのが王族で、その力の推進力となっているのが、ソ・デュラが作り上げた水晶だということだった。

そしてル・デュラも火を操るが、どうするのかというと、彼は燃やしたいものに手を添えるだけで、炎が現れる。空は飛べるわ、変身できるわ、火を操れるわ、おまけに超絶美形男子だ。

ル・デュラを見ていると、「チート」という言葉が頭に浮かぶ。

そのル・デュラは、ここ最近元気がない。今まで食事や散歩や菜園での作業など、月が二つ空に浮かんでいるうちは、ほとんど竜一と一緒に過ごしていたのだが、最近は気がつくと竜一のことをジジに任せ、いつの間にか姿を消しているのだ。

菜園に一人でいたり、ドランになって飛んでいったり、どこへ行ったのかも分からない状態になるときもある。そして竜一に探し出されると、言い訳にもならない用事を言い、また気がつくとどこかへ行ってしまう。

何度もそんな行動を繰り返すので、竜一もいい加減、ル・デュラに避けられているのだということに気がついた。

竜一があんまりのらりくらりとしているから、気分を害してしまったんだろうか。

例の覚悟ができたかの話も振ってこない。自分から「聞かないの？」とは言えないから、あのやり取りもできなくなってしまった。

「だって、契るとかそういうの、マジで覚悟なんかできないよ……」

ドランの姿のときも、スールの姿のときも、ル・デュラは雄々しくて、そんな彼を前にして、契るとかなんとか、そういうことが想像できない。好ましいと思い、恰好良いとは思うが、恋愛の対象にはなり得ないのだ。

「……どうしたもんかな」

ル・デュラの、腕を失ったときの経緯を聞いて、竜一は自分が彼の番なのだということを、はっきりと理解した。竜一の右腕にある蔦の模様は、彼の番であるという印に間違いないのだろう。

そう理解をしても、やはり決心はつかない。

ル・デュラは竜一に自分の子を産めと言う。ということは、竜一はル・デュラに抱かれる立場だというわけだ。

そのことを考えると、どうしても怖気づいてしまうのだ。

「セックスしなくても、手を握っただけで妊娠するとか、そういう設定にしといてくれたら、俺もちょっとは前向きに考えるんだけどな」

だって怖いじゃないか。

頬を撫でられるのは好きだ。ドランになったル・デュラの背中に乗るのも、膝抱っこも、そういうのは悪くない。触られるのには抵抗がないが、セックスとなると、話は別だ。

キスしたり、肌を触り合ったり、その他にもいろいろ……。

「っ……！」

ル・デュラと抱き合っている姿を想像し、そのリアルな映像に自分で狼狽えてしまい、竜一は口を覆った。心臓がバクバクする。顔が火で炙られたように熱くなった。

「……キュ、キュゥ、キュ？」

一人で慌てている竜一に、ジジが話しかけてきた。

「ん？　ああ、ごめん。ちょっと考え事をしていた。ル・デュラは今日も食事しないって？」

「キュイ」

「そうか。じゃあ、自分たちで菜園に取りに行こうか」

雨の日は、青空ダイニングで食事ができないから、そういうときはお互いの部屋で食べる。

これも前なら、ル・デュラが竜一の洞窟まで食事を運んできたり、竜一のほうからル・デュラの住み処に出向いたりして、一緒に食べていたのに、今は別々になってしまっていた。

ジジと一緒に食事を取りに行きながら、竜一の心は不満でいっぱいになった。

「……なんだよ。いつまでも待つって言ったじゃないか。俺がここに来てまだ半年だぞ」

竜一を自分の番として、大切に思ってくれているのは分かる。心から待ち望み、その願いが叶ったと喜んでいることも知っている。

すぐにでも番として契りを結ぼうと思っていたのに、お預けを食らい、ガッカリする心情も分かる。

「けど、あの態度はないんじゃないか？」

あんなにしょっちゅう纏わり付いて、甘い言葉を吐き、竜一に触れたがっていたのに、今になってあからさまに避けるような態度を取られたら、竜一だって傷つく。

「散々口説いといて、なびかないと思ったらこれかよ」

ル・デュラに望まれ、ル・デュラの願いによって、自分はモルドに来たのだ。ル・デュラ自身がそう言った。

それなのに、望んだ本人に素っ気なくされたら、どうすればいいのか。

「帰れないのに」

向こうの世界での話だったら、付き合って、合わなくて別れて、という状況はよくあることだ。実際竜一も振られたり、こっちからごめんなさいをしたりを繰り返した。

だけど、このモルドで二人の仲が決裂したら、竜一は一人っきりで、これからずっと過ごさなければならないのだ。

「やっぱり俺が待たせているせい？」

いつまでも待つって言ってくれたから。

……だから安心して、甘えすぎてしまったのかもしれない。

グチャグチャと、気持ちを行ったり来たりさせながら、竜一はジジと一緒に菜園に向かった。

初めの頃は、菜園まで行くのに一時間近くも掛かっていたのだが、今はその半分の時間で辿り着けるようになっていた。

大きな葉っぱの傘を差して、通い慣れた山道を下る。纏わり付くような霧雨なので、菜園に着く頃にはずぶ濡れになっていた。あとでジジに火を起こしてもらって乾かそうと考えながら、菜園に入っていく。

菜園ではドランたちが先に食事をしていた。彼らには、天気は関係ないみたいだ。

今日食べる分の野菜と果物を摘んで、持ってきた籠に入れる。ふと、甘い匂いを嗅いで顔を上げると、少し離れたところにル・デュラがいた。ずぶ濡れのまま立っている。

「あ、おはよう。ル・デュラも収穫に来たの？」

雨に打たれた身体がボゥッと光って見える。相変わらず綺麗な顔をしていた。竜一が話しかけても表情を動かさず、唇をきつく結んだまま佇んでいる。

「一緒に食べようか。どっちの部屋に行く？」

竜一が話しかけてもル・デュラは答えず、仏頂面で竜一を見つめたままだ。

「どうしたの？　体調が悪いのか？」

風邪を引くとも思えないが、もしかしたらと思い聞いてみると、ル・デュラはやはり何も言わず、竜一を睨んだまま仁王立ちしていた。

「なあ。どうした？　なんか言えよ。黙ってたら分かんないだろ」

ル・デュラの険しい表情に一瞬心が怯むが、ここ最近の態度にいい加減むかついていたので、竜一は追い打ちをかけるように言葉を続けた。

「最近の態度、ちょっと酷くない？　俺、なんか気に障ることをしたり、言ったりした？」

喧嘩を売る気なら受けて立つという気持ちでル・デュラの返事を待っていると、不意に裾を引かれた。ジジが竜一の服を摑んで引っ張っている。

訴えかけるような表情は、早くここから出ようと急かしているみたいだ。

「竜一」

ジジに気を取られていると、ル・デュラが竜一を呼んだ。

「私はしばらく洞窟に籠もる。姿を現さないが、気にするな」

「え、そうなの？　やっぱりどこか悪かったのか？　大丈夫？」

苛つきを忘れ、思わず聞くが、「なんともない」という素っ気ない返事がきた。

「洞窟にも近寄るな。いいな」

それだけを告げ、ル・デュラが菜園から出ていった。口を利いたのは何日振りぐらいだろうか。

「なんだよ。わけ分かんねえよ」

去っていく後ろ姿に言葉を投げ、竜一はその場に茫然と立ち尽くした。ジジが懸命に竜一の裾を引っ張っている。

「……ああ。分かった。採るだけ採って、俺らも戻ろう」

ジジに返事をし、竜一はル・デュラが去っていった方向とは逆のほうへ行き、収穫を再開した。

霧雨が身体に纏わり付き、身体が重い。なんだか食欲も失せてしまった。竜一についてきたジジが、気遣わしそうに何度も竜一の裾を引っ張り、見上げてくる。

「食べないと元気出ないもんな。洞窟に帰って、ちゃんと食べよう。ジジ、大きい火を起こしてくれるか？　だいぶ濡れちゃったから、乾かしたいんだ」

ル・デュラに合わせて自分まで荒れても仕方がない。竜一は明るい声をわざと出し、果物を摘んだ。

籠を持って菜園を出る。雨はまだ当分やみそうにない。

薄ぼんやりと見える二つの月を仰いでいると、ジジがまた急かすように鳴いた。

「ん？　行くよ。そんなに急がなくたって、もう濡れちゃっているから平気」

さっきからジジが急ごうとするので、竜一はそう言ってジジに笑いかけた。

なんとなく言いたいことは分かっても、全部はやっぱり分からない。竜一が勝手にジジの気持ちを酌んでいるだけで、実は全然違うことを言っているのかもしれないが、それも分からない。

「俺がドラン語を聞けたらいいんだけど。だってジジは俺の言うことが分かるんだもんな」

話しかけると、再度ジジに急かされ、菜園をあとにした。

気がついたら、さっきあんなにいたドランたちも消えていて、菜園には誰もいなくなっていた。

次の日も雨だ。竜一は焚き火の前に座って、雨の降る様子を洞窟から眺めていた。

ル・デュラは昨日の朝宣言した通り、まったく姿を現さなくなった。夜のパトロールもしていないらしい。

「本当にどうしたんだろう……」

竜一のために火を起こしてくれたジジも一緒にいた。竜一の隣で、やっぱり外を眺めている。なんとなくジジも元気がない。というか、昨日から彼も様子がおかしかった。今もしきりと外を気にして、そわそわしているのが分かる。

「ああ、言葉が分かったらな」

そう呟いて、溜め息を吐いたとき、山の上のほうから……ドォ、ン……という地響きが鳴った。

次には地を這うような呻き声が、雨音に交ざって聞こえてくる。

「……ル・デュラ？　どうしたんだ？」

やっぱり何かあったのかと、竜一が慌てて腰を浮かせると、ジジが昨日と同じように、竜一の服の裾を引っ張って引き留めた。

「行っちゃいけないの？　でもあれ、ル・デュラの声だろ？　ちょっと見てくる……」

竜一が行こうとするが、ジジは「キュッ、キュッ」と鋭く鳴いて、行っては駄目だと竜一を止める。

そうしている間にも、山の上のほうからは、ル・デュラの苦しげな声と、のたうち回るような地響きが聞こえてくる。

「だって心配だよ」

ジジが竜一の手を引いて、奥へ行こうと誘ってきた。しつこく引っ張られて、竜一も外に出るのは諦め、ジジに連れられ洞窟の奥に引っ込んだ。

ベッドの上で膝を抱え、まんじりともせずに、長い時間を過ごす。夕方になっても、夜になっても、状況は変わらなかった。雨はやまず、ル・デュラの呻き声もずっと聞こえている。

夜が更けて、ジジが自分の寝床に帰っていった。出ていきしなに、また鋭く鳴いたので、勝手に様子を見に行くなと注意をされたのが分かった。

次の日、朝起きると雨がやんでいた。

竜一は洞窟の出口に立ち、外の様子を窺った。紗幕のような雲は消えていたが、雨の名残なのか、辺りは靄《もや》に包まれている。

夜通し聞こえていた呻き声は、今は収まっていた。だけど時々ズゥン……と、足許に響いてくるものがある。ル・デュラが声を殺して身悶えしている姿が脳裏に浮かんだ。

「苦しんでいるのかな……」

駄目だと言われたけど、様子を見に行きたい。ジジに見つからないように行けるかなと考えていてふと、いつもと山の様子が違うことに気がついた。

靄に包まれた空気が、とても甘いのだ。

昨日、菜園にいたときも、同じ匂いを嗅いだ。あのときはふっと鼻先を掠めてすぐに消えたが、今は竜一を包むように漂っている。まるで山が呼吸をしているようだ。

甘い匂いは花に似ていて、ル・デュラの身体から漂ってくるものとも同じだ。だけどいつもより濃厚で、その匂いに包まれているうちに、クラクラしてきた。

「どうした。俺も病気？」

胸が苦しい。痛いのではなく、ズクズクと疼くみたいに。

洞窟の入り口で立ち尽くしていると、ジジがやってきた。今日もランプを持っている。

竜一の顔を見ると、ジジは挨拶をするように「キュ、キュ」と鳴いた。

「ジジ、おはよう。……ねえ、なんだろう、この匂い。それに山全体がおかしくない？」

竜一の声に、ジジが顔を上げてクンクンと鼻を鳴らし、それから首を傾げた。どうやらジジにはこの匂いは分からないらしい。

「だって凄く甘い匂いがするよ？」

ほら、と両手で空気を搔き混ぜるように動かすと、ふわん、と濃厚な香りが立った。

竜一の仕草を見て、ジジがもう一度鼻を蠢《うごめ》かしたが、やはり何も感じないらしい。

「俺にしか分からないのか。雨上がりだから、空気が淀んでるのかな」

ドランにとっては別段騒ぐようなことではなく、慣れない自分が過剰反応しただけなのかもしれない。それに嫌な匂いではない。むしろずっと嗅いでいたいような、心地好い匂いだ。

雨が上がったので、今日は青空ダイニングで食べようということになり、ジジと二人で出掛けた。菜園に行き、今日食べる食材を採って、それから竈のある広場へ行く。

ジジは生野菜派だが、竜一は調理をする。茹《ゆ》でたり焼いたり味付けを変えたりして、バリエーションを利かせるようにしているのだ。

今日はバナナに似た大きな葉に、木の実や芋、肉厚の野菜を包んで蒸し焼きにした。葉の香りが野菜に移って香ばしくなる。調味料は以前スールの町で買い求めたものがまだ残っているから、仕上げにそれを振る。蒸すのを待つ間に果物を搾ってジュースを作った。

洗濯をする池に生《い》け簀《す》を作り、そこで獲ってきた魚を育てているのだが、一緒に餌やりをしているジジが、魚をペットのように可愛がる素振りをみせるので、それ、食料だからと言えなくなり、結局食べられないままでいる。

毎日野菜しか食べない生活を半年も続けているが、竜一の体調に変化はなかった。痩せもしないし、むしろ毎日山の中を行き来しているので、筋肉がついたほどだ。肉も魚も食べなくても、なんの影響もないのが、自分はやはりスールだったのだなと実感するところだ。

出来上がった料理をテーブルに並べて、ジジと二人で食べた。ル・デュラはやはり姿を現さない。代わりに微かな地響きと、時折咆哮のような鳴き声がしていた。

ル・デュラが外に出てこないので、ジジの草の服がヘタレていた。草冠も被っていない。麓の花畑に行って、作ってあげようかと思ったが、今日はやめておくことにした。甘い香りがずっとしていて、少し身体が怠く感じた。胸の疼きが鳩尾の辺りにまで広がっている。

食事が終わり、ジジと別れて竜一は洞窟に戻った。ジジはまた菜園に行くらしい。ル・デュラがいないから、ドランたちの面倒を代わりに見るのだろう。身体は小さいけれど、責任感のある弟さんだ。

洞窟に戻り、竜一はベッドに潜った。目を閉じて、疼きが治まるのをじっと待つ。

地響きが時々する。声も聞こえた。匂いもする。疼きが治まらない。

眠れなくてモゾモゾしていると、またル・デュラの声がした。尾を引くような、悲しげな音が長く続く。

「……やっぱり心配だ。様子を見に行こう」

我慢が利かなくなり、竜一はベッドから飛び起きた。

ル・デュラがどうしているのか気になって仕方がない。だってあんなに苦しそうだ。

洞窟を出て、足早に山頂へ向かった。甘い香りは上に行くほど濃くなり、竜一を迎えるように身体を包んでくる。

ル・デュラの住む洞窟に近づくと、地響きが大きくなった。声もはっきりと聞こえてくる。唸り、咆哮し、そして息を殺し、我慢しきれずにまた声を上げる。

「ル・デュラ……大丈夫か？」

洞窟の入り口で声をかけ、そっと中を覗く。

目の前が煙って見えるのは、むせかえるような香りが充満しているからだ。

洞窟は暗く、よく見えない。奥まったところで、何かが蠢いていた。

足音を立てないように中へと入っていく。徐々に目が慣れていくと、洞窟の奥にル・デュラの姿があった。

あれだけの地響きがあったから、ドランの姿でいるのかと思っていたが、そうではなかった。敷き詰められた干し草の上に、身体を横たえている。

姿はスールなのに、ル・デュラはドランのときのように喉を鳴らしていた。グルグルと転がるような音を出しながら、唸り声を上げている。

洞窟の奥に横たわるル・デュラは、何も身に着けていなかった。全裸のまま、草の上で悶絶している。

声をかけようとしたが、喉が詰まり、言葉が出てこない。あまりにも濃厚な香りに、竜一は目眩を起こした。心臓が激しく鳴る。走ってきたわけでもないのに、息が切れた。

「……来るな」

ル・デュラが絞り出すような声で言った。這いずりながら、洞窟の更に奥へと移動していく。

「でも」

「来るな……っ」

吼えるように叫ばれ、竜一はその場で固まってしまった。

「……いずれ治まる。放っておけ」

ル・デュラが、今度は努めて冷静な声を出した。苦しみながらも、竜一を気遣おうとする。

「ル・デュラ……」

背中を向けているル・デュラが、僅かに振り返る。乱れた髪の間から、金色の目が覗いていた。

「平気だ。慣れている」

かける言葉が見つからず、名を呼んだまま絶句している竜一に、ル・デュラは喉を鳴らしながらも、笑いかけようとする。だけどその表情がすぐに崩れ、再び呻き声を上げた。

「……一年に一度、これが訪れる。その間は制御が利かない。……私に近づくな」

瞳の色が一瞬黒くなり、すぐにまた金色に戻っていく。

蹲るル・デュラの身体が濡れていた。よく見れば、地面や干し草の上にもそれが飛び散っている。

辺り一面に巻き散らかされているのは、ル・デュラの精液だ。

ル・デュラは、発情期を迎えているのだ。

「嵐が過ぎ去るまで、こうしてやり過ごす。……醜いだろう」

「そんなことないよ」

即座に答え、だけど続く言葉が探せなかった。

洞窟には来るなと言われたのに、竜一は自分の感情を優先して押しかけた。心配だったという大義名分があれば、責められないだろうと思ったのだ。素っ気ない態度を取られ、それに対する抗議の気持ちもあった。ジジにも行っては駄目だと再三注意をされていたのに、それも無視した。ル・デュラがどうしても隠しておきたかった事実を、竜一は自分の浅はかな行為で暴いてしまった。

「行ってくれ」

「でも……」

「覚悟がないのだろう……？」

長い髪がぐしゃぐしゃに乱れ、そこにも精液がべったりと付着している。

「おまえがここにいると、私が苦しいのだ。これ以上近づけば、私は、私でいられなくなる。……行ってくれ」

震える声で懇願され、竜一は少しずつ後退った。

謝りたいと思ったが、謝ったらル・デュラを侮辱することになるのではないかと思い、やはり何も言えないまま、竜一は静かに洞窟から出ていった。

洞窟を去る竜一を、花の匂いが追い掛けてきた。


自分の住む洞窟に戻り、竜一は昨夜と同じようにベッドの上で膝を抱えていた。

菜園から戻ってきたジジが、竜一を気遣うような素振りを見せる。竜一がジジの注意を聞かずにル・

デュラのところへ行ったのが、分かっているみたいだ。

「……なんで分かるのかな。それも特殊能力か？」

それとも、自分の様子がそれほどおかしいのか。

「キュゥ……」

落ち込んでいる竜一を慰めるように、ジジが優しい声を出す。

ジジはル・デュラの状態を知っていて、だから竜一をル・デュラから遠ざけようとしていたのだ。

「大丈夫だよ。辛いのは俺じゃないから」

竜一も笑顔を作り、ジジを自分の住み処へ帰らせた。心遣いは嬉しいが、今は一人でいたかった。

竜一がル・デュラの洞窟から去ったあとも、地響きと呻き声は続き、前よりもいっそう激しさを増していた。

咆哮が絶叫に変わり、やがて啜り泣きのようになっていく。そんな声を聞いたら、竜一の胸まで痛くなった。自分が安易に近づいてしまったせいで、制御が利かなくなってしまったのかもしれない。

あんなに苦しんで……。

いつもは王様然として、ゆったりとした笑顔を見せてくれるのに、その顔が辛そうに歪んでいた。

それでも竜一を気遣い、懸命に冷静さを保とうとしていた。自分の姿を恥じ、醜いだろうと自らを貶めるような言葉を吐いた。

「全然醜くなんかないよ……」

そんなことは微塵も思わなかった。苦悶の表情も乱れた髪も、大きな身体を丸めている姿も、いつもの泰然とした彼と違っていて、そんな姿に竜一は、不思議と胸が高鳴ったのだ。

放っておけと言ったル・デュラは、言葉とは裏腹に、縋るような目をしていた。必死に隠そうとして失敗した感情は、竜一に対するあからさまな欲情だった。

「覚悟……か」

大地を揺らしながら放つ咆哮は、まるで竜一を呼んでいるようだ。

覚悟はまだ決まらない。だけど山の上から聞こえてくる切ない声に、居ても立ってもいられなくなる。

「……だって、あんなに……可哀想だ」

昨日から丸二日、ル・デュラは苦しみ続けている。その前から様子がおかしかった。あの苦しみは、あとどのくらい続くのだろうか。

「可哀想……」

あんな声を出して、竜一を呼んでいるのに。

甘い匂いがここまで届き、目の前が薄らぼんやりと霞んでいる。霧の向こうにル・デュラの苦しむ姿が浮かんでは消える。

彼の残像を追い掛け、竜一は無意識にベッドを下りていた。そのまま洞窟の出口に向かい、ふらふらとした足取りで外に出る。

行ってはいけない。そう思う側から、どうして駄目なんだと、別の声がした。

「だって、俺を……欲しがっているのに」

花の匂いが竜一を誘う。目の前にはずっと靄が掛かっていて、それを掻き分けるようにしながら、竜一は山を登っていった。

「可哀想。行ってあげなきゃ……」

頭の芯がボウッとする。可哀想、可哀想と、うわごとのように呟いて、竜一はひたすら足を進めた。靄の中にいるル・デュラが、竜一に向けて腕を伸ばしている。自分がそこへ飛び込んでいく姿も見えた。鳩尾の疼きが大きくなり、身体中に広がっている。

花の香が濃く漂う。

進むにつれて濃厚さを増していく甘い香りを嗅ぎ、ああ、これに包まれたいのだと、竜一はぼんやりと思った。

洞窟で、ル・デュラの姿を目の当たりにしたとき、驚きと憐憫と共に、得体の知れない感情が生まれた。言葉にならないその感情が、今も鳩尾の辺りで渦を巻いている。心地好い疼きはずっと身体の内部に居据わり、竜一の足をル・デュラのところへ無意識に運ばせる。

気がつけば、竜一は再びル・デュラの住む洞窟の前にいた。

さっき嗅いだ甘い匂いが濃さを増していた。目の前はずっと煙ったままだ。

「……竜一。来るなと言ったはずだ」

声のするほうへ真っ直ぐに向かう。今し方目の前に見えていた映像の通りに、竜一はル・デュラの胸に飛び込んだ。

「竜一……、離れろ。ここから出ていけ」

すぐ側にル・デュラの顔があった。目を見開き、眉間には深い皺《しわ》が寄っている。虹彩の色は金色で、瞳孔が縦長になっていた。

スールの身体なのに、瞳がドランだ。だけど凄く綺麗だと思った。

「竜一……っ」

自分の名を呼ぶ唇に、返事の代わりに近づき、触れた。ル・デュラの唇はひんやりと冷たくて、とても気持ちがいい。

「あ……ふ」

口の中も冷たくて、竜一は温めるようにル・デュラの舌を自分のそれで包んだ。

「ん、……ん、……んぅ、……ぁ」

ル・デュラが逃げていこうとするので、首に腕を回して引き寄せ、更に奥へと入っていく。息が甘い。その甘さを味わうように、竜一は舌を蠢かした。

「竜……っ、いち」

ル・デュラが狼狽えたような声で竜一を呼んだ。返事をしようと思っても、まだル・デュラの舌を味わっていたくて、それができない。

「ふ……、ぅん、ん」

お互いの唾液が混ざり合い、クチュクチュと淫猥な水音がした。その音に煽られ、竜一は恍惚となる。

不意に後頭部を摑まれ、乱暴に引き剝がされた。目の前には怒った顔のル・デュラがいる。

「やめろ」

「……嫌だ」

力に抗い、もう一度近づこうとすると、ル・デュラの表情がクシャリと崩れた。

「駄目だ。竜一」

そんな顔をしたまま、諭すようにル・デュラが言った。

「嫌だ。もっと……」

もっとル・デュラを味わいたい。

「おまえは今正気を失っている」

首に回していた手でル・デュラの頬を挟む。竜一が唇を近づけると、顔を背けて避けようとするから追い掛けた。

「竜一。おまえは私の気に当てられているだけだ。あとで後悔する」

「しない。……ル・デュラ」

唇を狙うが、避けられて顎に当たった。逃げ回るル・デュラを執拗に追い掛け、顔を寄せる。顎、頬、口端と、唇を滑らせた。頑ななル・デュラに受け容れてほしくて、唇を押しつけながら、何度も名前を呼んだ。

嫌がっているのは素振りだけだ。だって、ル・デュラからはこんなに甘い香りがする。

「ル・デュラ……」

舌を大きく差し出し、そのまま頬を舐めた。

「なあ、……くれよ。ル・デュラ」

顎を食み、舌先で擽《くすぐ》る。

ル・デュラの眉根が激しく寄った。息を荒げ、竜一の後頭部にある指に力が入るが、今度は引き剝がされずに、逆に引き寄せられる。

ル・デュラの瞳が真っ直ぐに竜一を捉えた。金の瞳が輝きを増し、妖しく揺れている。

「ル・デュラ……」

大きく口を開けて迎え入れる。顔を傾け、深く合わさった。ル・デュラの喉が鳴る。舌を連れていかれ、強く吸われた。

「は、……ぅ、ん。ふ、ぁ……ん、んぅ、……ん、ん」

待ち望んだものがもらえて、竜一は陶然となりながら、ル・デュラを受け容れていた。竜一の体温が移ったのか、ル・デュラの口内はさっきよりも温かくなっている。お互いに混ざり合い、溶け合っているのだと思うと、嬉しかった。

「あ、あ……、ル・デュラ、……ぁあ、ん、ル・デュラ、ふ、ぅ、ん、ふ……」

息ごと吸われ、苦しくなるが、それよりももっと欲しかった。奪えば奪うほど、新しい飢餓《きが》に苛まれる。ル・デュラも同じようで、恍惚となりながら、苦しそうな表情を浮かべている。

頬を挟んでいた手を再びル・デュラの太い首に回し、竜一のほうからも抱き締めた。気づけばル・デュラの膝の上に乗り上げ、両足で彼の腰を挟んでいた。

激しく口づけを交わしながら、ル・デュラが竜一の顔を見上げた。

スールの姿に、ドランの瞳を乗せた美しい男が、竜一を見つめ、何かを言いたげな表情を浮かべる。強靱な精神を持つドランの王は、欲望に支配されながら、暴走しようとする激情を、無理やり抑え込み、未だに逡巡している。

「ル・デュラ」

そんなル・デュラの冷静さが歯痒くて、悔しいと思った。ル・デュラは、まだ理性を保とうとしている。竜一のほうは、既にどっぷりと溺れきっているというのに。

自分を見つめるル・デュラの前で、竜一は自分から着ているものを脱いでいった。上衣を捨て去り、下も脱いだ。ル・デュラと同じく、何も纏わない姿になり、再びル・デュラの膝に跨がる。

自分の上に乗っている竜一を、ル・デュラが見つめている。

「竜一」

確かめるような声で竜一を呼び、竜一は返事の代わりに抱き締めた。

竜一の胸に顔を埋めたル・デュラの喉がグルグルと鳴る。美しい男が、獣のような声を出しているのが、可愛らしいと思った。

「……ん、は、ぁ……っ」

胸先に濡れたものが当たり、竜一の喉から甘ったるい声が出た。ル・デュラが竜一の肌を舐めている。大きく差し出された舌でベロリと舐め上げられ、ゾワ、と肌が粟立った。

「あ、あ……っ」

竜一を膝に乗せたまま、ル・デュラの唇が肌の上を這い回る。頤を擽り、首筋を噛まれた。鎖骨、肩、二の腕と唇が滑っていく。番の印の蔦模様を舌でなぞり、それから竜一の身体を持ち上げ、胸にかぶりついてきた。

「あっ、あっ、……あ、んんんぅ……」

竜一の平らな胸に口を開けたまま吸い付き、舌先が胸芽を嬲《なぶ》り始める。自分でも触ったことのない場所をそんなふうに弄られて、その初めての感覚に、竜一の喉から高い声が飛び出した。

食べるつもりかと思うほどの勢いで貪られ、ザワザワとした感覚に竜一の肌が熱を持つ。刺激に敏感に反応して尖ってしまった突端を、ル・デュラが執拗《しつよう》に可愛がる。

「あ、ああ、ん、んあっ、は、は……」

肌が総毛立ち、背中が反っていく。自分から胸を突き出し、もっとしてくれと懇願していた。竜一の願いを聞き入れたル・デュラは、ますます強く吸い付き、ねろねろと舐り回す。

「ふ、ふっ、……っ、あっ、だ、め……っ」

刺激が下半身に伝わり、触られてもいないそれが育っていく。跨がっている足が勝手に広がり、ル・デュラの腹に押しつけるようにして腰が揺れ始めた。

こんな感覚は初めてで、驚きと羞恥が湧いてくるが、気持ちの良さのほうが勝る。竜一の反応に煽られたのか、ル・デュラも声を上げていた。

仰け反る竜一の身体をル・デュラの分厚い舌が追ってくる。息が掛かると、それだけで身体が跳ねた。

「ぅ、……ん、は、ぁ、ん、あっ、ん、ああ、……ああ」

信じられない。もうイキそうだった。両足はますます開き、見せつけるように腰が揺れる。

「ああ、……ああ、……ああっ」

声が迸り、口が開きっぱなしになる。下腹部の疼きがどんどん大きくなり、もう自分では止められなかった。

「ル・デュラ、……ああ、あああ……っ、あ――」

大きく仰け反ったまま、竜一は達していた。精液が飛び散り、竜一を乗せていたル・デュラの腹が濡れていく。

「ん、……ん、ぅ」

放埓《ほうらつ》の余韻に浸りながら身体を痙攣《けいれん》させている竜一を、ル・デュラが見下ろしている。恥ずかしいとか、驚いたとか、そんな感情を抱く余裕もなかった。欲望を吐き出したはずなのに、未だに疼きが去らない。

「あ、ぁ……、んぅ、ぅ、ぁん」

唇からは間断なく甘い声が漏れている。両足を大きく広げたまま、腰が淫猥に蠢き、止まらない。

竜一を見つめるル・デュラの目が、爛々《らんらん》としている。ゴクリと音が鳴り、喉仏が大きく上下するのを、朦朧としたまま眺めていた。ル・デュラの口が僅かに開き、舌舐めずりをしている。

「竜一……」

ブワリと、ル・デュラの身体から焔のようなものが上がった。薄暗がりの中、ル・デュラの身体が光って見える。喉の鳴る音が洞窟の中に響き渡った。

突然押し倒され、干し草の上に仰向けになった竜一の上に、ル・デュラが覆い被さってきた。

「ああ、……竜一、っ、竜一……っ」

竜一の上を位置取ったル・デュラの身体が下りていく。そして、今達したばかりの竜一の劣情を咥《くわ》え込んできた。

「っ、……ああっ、ああっ」

突然の鋭い刺激に、竜一から悲鳴が上がった。ジュブジュブと音を立て、ル・デュラが竜一のペニスを呑み込んでいる。

「駄目……っ、だめ、イッてるの……ぃ、っってる……から、ああ、ああ、あ——！」

腰を引いて逃げようとするのを許さず、ル・デュラが容赦なく竜一を貪る。喉奥まで招き入れたかと思うと、搾り取るようにしながら唇を引いた。

「あああああっ」

腰を突き出し、竜一は再び達した。ル・デュラの唇は離れず、放たれた精液を啜《すす》っている。

「また……イク、もう、……も、あ、あっ、あぁっ」

吸い付きながら激しく上下され、余韻に浸る間もなくまた追い上げられる。足は限界まで広がり、自分が今どんな恰好になっているのか分からない。ル・デュラの動きについていくように腰が前後していた。

「……ひ、ひ……ッ、イク、……ィ……ッ……んんんっ、んぁんっ、……あぁ、ん」

爪先が丸まる。既に限界まで開いている足が更に開いていった。

追い上げられ、達し、また貪られ、泣き声を上げた。全部を出しきり、もう出るものがなくなっても、ル・デュラは貪ることをやめなかった。

ル・デュラの長い髪が肌に掛かる。些細な刺激にさえ快感を拾わされ、射精をしないまま、再び達した。大きな波に攫われ、ビクビクと身体を跳ねさせていると、ようやくル・デュラの唇が離れた。身体を起こし、竜一を見下ろすル・デュラの唇は、ヌラヌラと光っていた。

「竜一……」

放心している竜一を見下ろす金色の瞳は、まだ爛々と輝いている。

竜一は力の入らない腕を、ル・デュラに向けて差し出した。

「最後まで……くれよ」

ル・デュラの身体から、今までとは比べものにならないほどの強烈な香りが立ち上った。

「……竜一」

両膝を持ち上げられ、大きく広げられた。ル・デュラの太く逞しい腰が、竜一の足の間に入ってくる。

「竜一」

切っ先が当たる。自分でも一度も触ったことのない場所に、ル・デュラが入り込もうとしている。ル・デュラのそれはとても大きくて、先端が既にしとどに濡れていた。

「竜一……」

怖さは感じなかった。壊れてしまうかもという不安もない。むしろ壊してほしいとさえ思った。ル・デュラの芳香に包まれて、竜一の身体に再び火が点る。

「竜一、……竜一、竜一……、っ、竜一……！」

何度も名を呼びながら、ル・デュラが進んできた。ズン……ッという衝撃のあとに、自分のそこが、大きくこじ開けられる。

「っ、あああああっ」

絶叫しながら大きく仰け反る。反射的に逃げを打つ身体を、ル・デュラが強引に引き寄せ、同時に腰を打ちつけた。

「ああ、竜一、……ああ、ああ、ああっ」

咆哮しながら、ル・デュラが竜一の中を占領していく。穿《うが》つたびに、あの甘い香りがル・デュラの身体から立ち上った。

パチュパチュと肉がぶつかる音がする。同時にル・デュラの唸り声が響いた。竜一の左の腰に添えられているのはドランの右腕だ。その腕で腰を抱え上げられ、竜一の身体が浮いた。

「はあ、……はあっ、は、は……っ、く、……は、ぁあ……」

腰を送りながらル・デュラが荒い呼吸を繰り返す。身体から放たれる芳香が汗と共に霧散していた。激しく首を振り、大声で叫びながら、ル・デュラが竜一を貪り食う。自分の中を占領している雄茎が固く膨張し、身体が内側から裏返ってしまいそうだ。

めちゃくちゃに穿たれながら、竜一はそんなル・デュラを見つめていた。

竜一を苛む姿は獣そのものだった。それでもやっぱり綺麗だと思う。欲望に理性が押し流され、夢中になって竜一を求めているのが嬉しい。

「竜一……、竜一……」

うわごとのようにル・デュラが竜一の名を呼び続ける。

「あ、ああ、竜一……、ああ、あああ、竜一……っ」

前後する動きが激しさを増し、ル・デュラが天井を仰いだ。

「あああああ」

絶叫と共に、ル・デュラの動きが止まる。竜一の中にいる欲望が爆発した。ドクドクと脈動が身体の中に響いてくる。腹の中が熱くなった。

「……くっ」

二度、三度と突き入れ、それからル・デュラが大きな溜め息を吐いた。固く閉じていた瞼が開き、竜一を見つめた。瞳の色が黒に変化している。

「竜一……」

今度は静かな声で名前を呼ばれた。凛々しい眉が下がっていき、唇を噛んでいる。

「……私はなんということを」

後悔の台詞を吐こうとするので、竜一は上にいるル・デュラの髪を引っ張った。ル・デュラの顔がぐしゃぐしゃに崩れている。夢中で襲ったあと、我に返って狼狽えているらしい。

「謝るなよ」

謝るとしたら、たぶん竜一のほうだ。

ル・デュラが言っていたように、彼のフェロモンに当てられて、正気を失ったんだろうと思う。あのときは頭の中に靄が掛かったようになり、考えるよりも先に身体が動いていた。嫌がるル・デュラを、竜一が襲ってしまったようなものだ。

「……なんか、やっちゃったね」

あれほど恐ろしいと思っていたのに、呆気なく完遂してしまったことに、今更驚く。

「竜一……」

泣きそうな顔をしてこっちを見るので、竜一は腕を伸ばし、彼の頭を撫でた。自責の念に苛まれているわりには、ル・デュラの下半身は竜一の中に居据わったまま、容量も減っていない。

「俺、妊娠しちゃった？」

発情期とは、子を残そうとする本能が起こさせるものだ。そのことに思い至った竜一に、ル・デュラはあっさりと「それはない」と言った。

「なんで分かるの？」

「子種がつけば、欲望が去る。だが……未だ私の熱は治まっていないからだ」

そう言いながら、ル・デュラの腰が再びゆるゆると蠢き始めた。

話しているうちにも、ル・デュラの瞳の色が変わってくる。一瞬冷静さを取り戻したのもつかの間、再び欲望が頭を擡《もた》げてきたらしい。

ル・デュラは、ク、と喉を詰めたあと、竜一の中から出ていこうとする。もの凄く名残惜しそうなその表情に、思わず髪を摑んで引き留めた。

そんな竜一を見下ろし、「まだ、覚悟はないのだろう？」と、切ない顔をする。

「このままおまえを貪り続ければ、いずれ子が宿る。おまえはそれをよしとするのか」

そう言われると、そこまでの覚悟はないとしか言えず、竜一は摑んでいた髪から手を離した。

「……私は心を伴ったおまえと契りたいのだ」

ル・デュラは辛そうにしながらも、無理やり竜一から離れてしまった。干し草の上に胡座《あぐら》をかき、項垂れる。

「このようなことを、私は望んでいなかった」

「そんなふうに言うなよ……」

ル・デュラから放たれる甘い香りは未だに竜一を苛むが、心地好かった疼きが、今は絞られるような痛みに変わっていた。

自分から脱ぎ散らかした衣服を拾い、身に着ける。ル・デュラを慰めてあげられないのなら、自分はここから去ったほうがいい。お互いのフェロモンに当てられて、お互いが辛くなる。

ノロノロと服を着ている竜一の腕を、ル・デュラが摑んだ。どういうわけか、ル・デュラは驚きの表情を作っていて、それから竜一の頰をそっと撫でた。その指先が濡れている。

「え、涙？　なんで？」

泣いた覚えなんかないのに、ル・デュラの指が竜一の涙を乗せていた。

「竜一、泣くな」

オロオロしながら、ル・デュラが慰めにかかる。

「いや、泣いてない……、本当、あれ？　どうしたんだろ」

そう言っている側からボタボタと涙が落ちてきて、竜一のほうこそ狼狽えてしまった。

別に泣くようなことじゃないのに、溢れた涙が止まらない。

「私が悪かった。我慢しきれず、おまえを無理やり傷つけるような真似をした」

「違う。あれは俺が悪いんだ。本当、傷ついてなんかいない」

我慢ができなかったのは、竜一のほうだ。ル・デュラはあれほど苦しみながらも、懸命に自制しようとしていた。それを暴き、乱暴に奪ったのはむしろ竜一なのだ。

「俺こそごめん。本当、そんなんで泣いてるんじゃない」

「それならどうして泣く」

涙を零す竜一の顔を覗き込みながら、ル・デュラが問う。

「分かんないよ。分かんないけど」

いや、たぶん分かっている。涙が先で、理由があとからついてきた。竜一は、ル・デュラに拒絶されたことが悲しかったのだ。

「勢いでこうなっちゃったのは確かだけど。……後悔したなんて言われたら、俺だって傷つくよ」

「竜一、私はそんなことを言っていない」

「言ったよ！　言ったじゃないかっ。こんなの望んでいなかったって！」

「竜一……」

自分は散々待たせておいて、ル・デュラのほうからそんなふうに言われて傷ついている。なんて自分勝手なんだと呆れるが、だけど涙が止まらない。

「分かってる。来るなって言われたのに、無視して来ちゃったのは、俺が悪い。……ただな、言っといてくれたら、俺だって、ちゃんと気を遣ったんだよ。だって、心配だったんだ……」

洞窟に籠もる前から様子がおかしくて、ジジも他のドランたちも何かを知っているようで、だけど言葉が通じない。ル・デュラが教えてくれなければ、竜一は何も分からないままなのだ。それが、突然素っ気ない態度を取られれば、不安になるのは当たり前じゃないか。

「ル・デュラがなんにも言わないから、もう、……き、嫌われちゃったんじゃないか……って」

「竜一。そんなことはあるはずがない」

「分かんないよ！　……避けられて、どうしたんだろう。俺、何かしでかしたのかって、本当に悩んだんだぞ。それが、突然姿を見せなくなって、でも苦しそうな声だけが聞こえてきて。そりゃ、心配するだろ？　具合が悪いのか、病気なのかって心配して。ル・デュラが死んじゃったら、……どうしようって、思うだろう……？」

口に出してしまったら、新しい涙が溢れ出し、ああ、自分はこんなにも不安を抱えていたのだと、改めて知った。

何も知らないままここへ飛ばされてきて、頼りになるのはル・デュラだけだ。

「一言でよかったんだよ。少ししたら元通りになるから心配するなって、だから待っていてくれって言われたら、俺、待ってた」

何も分からないまま、ただ闇雲に不安になるのが嫌だった。

「事情は言えない、信じてくれって言ったら、俺は信じるよ」

言えないなら言えないでいい。ル・デュラは聞かれれば誠実に応えてくれる。その彼が言えないというのなら、竜一は無条件に信じる。それぐらいには信頼を置いているのだ。

竜一の訴えを聞いたル・デュラは、苦しそうな顔をしたまま、そっと竜一の身体を抱き締めてきた。

広い胸に竜一を抱き、「すまなかった」と謝る。

「私は、自分がこの時期をやり過ごすことばかりを考え、おまえを蔑ろにした」

「それも違うよ」

ル・デュラは、竜一のことを考えたからこそ、近づくなと忠告をしていった。

「ただ言葉が足りなかっただけだ。今度からはちゃんと言ってくれよ。後出しはしないで」

「分かった」

「俺も悪かったよ」

「竜一は何も悪くない」

些細な仲違いは一瞬で解消し、ル・デュラがもう一度竜一を抱き締めてきた。

身体に当たるル・デュラの下腹部は、こんなときにも凶暴なままだ。

「竜一……」

「……じゃあ、行くね」

そう言って、腕から逃れようとするが、ル・デュラが離そうとしない。

「ル・デュラ」

大きな身体で縋るように竜一を抱き、「……行かないでくれ」と小さな声で言った。

「この時期になると、私は洞窟に籠もり、嵐が過ぎるのを待つしかなかった」

それは長く苦しい戦いで、だが、他に術はなく、ただただ耐えるだけだった。

「だが、おまえという蜜の味を知ってしまった。……もう、一人では耐えられない」

このまま竜一を手放してしまったら、制御できなくなり、再びモルドを破壊してしまうだろうと言った。

「そういえば何年か前に暴れて地形を変えたっていうの、本当？」

スールの町へ行ったときに、確かそんなようなことを聞いた。

「ああ、そうだ。あのときは水晶を通しておまえの精通を知り、私にも過去最大の発情が起こった」

それまでは発情期がやってきても、一人で慰め耽ることで、容易にやり過ごせていたのが、突然爆発的な性欲に捕らわれて、自分でもわけが分からなくなり、ドランの姿のまま暴れてしまったのだという。

「俺の精通……。え、……見てたのか……」

詳しく話を聞いてみれば、あちらの世界で竜一が初めて夢精を体験した頃と合致した。ル・デュラは遠いモルドで竜一の性の目覚めに感応してしまったのだ。

「もう竜一なくしてはやり過ごせない。この肌の手触り、味……。これを取り上げられたら、私はどうなってしまうか分からない」

ほとんど脅しのような台詞だが、ル・デュラの目は真剣で、もう制御が利かないと訴える。爛々とした瞳は既に金色に染まり、長い髪が逆立ち始めている。

「竜一……」

「あ、でも……、子どもはまだ……」

不測の事態でル・デュラと身体を繋げてしまい、そのこと自体に後悔はないが、妊娠する覚悟までは流石にできない。

「側にいるだけでいい。竜一、行かないでくれ」

「それでいいのか？」

「それだけで十分だ。おまえに口づけし、おまえの肌に触れ、おまえの精を飲みたい」

「側にいるだけじゃないじゃん」

「竜一……」

ル・デュラが哀願する。甘い香りが竜一を包んできて、竜一は溜め息と共に、頷くしかなかった。

何故なら竜一も、ル・デュラの愛撫《あいぶ》を思い出し、身体の奥が疼き始めていたからだった。


「……ぁ、あ、ん、ル・デュ……ラ、もう、も……ぅ、離して」

柔らかい干し草の上で、竜一は嬌声を上げ続ける。

仰向けに寝かされている竜一の足許にはル・デュラの顔があった。竜一の劣情を咥え込み、ジュルジュルと音を立てながら顔を上下に動かしている。

「は、は、……また……イ、ク……ぅ、……ん、ぁん……」

ビン、と身体を強張らせ、達する間もル・デュラの唇は離れない。

もう何度達したのか覚えていない。休むことを許されず、竜一はル・デュラに苛まれ続けていた。

竜一の目の前には、ル・デュラの怒張があった。雄々しいそれに手を添え動かしてやる。ゆるゆると扱くと、手の中でビクビクと跳ね、しとどに精液が溢れ出す。お互いの体液で、身体中びっしょりと濡れていた。

竜一がル・デュラの洞窟にやってきてから一昼夜が過ぎている。その間、ずっとこうして抱き合っているのだ。

不思議とお腹も空かず、眠気もこなかった。暗い洞窟の中で、ただただ二人でお互いの身体を貪っている。

思考する力は既になく、与えられる快楽に溺れるだけだ。

ル・デュラの瞳はずっと金色のまま、時々グルグルと喉を鳴らすが、竜一が訪ねる前のような、苦しそうな呻き声を上げることもなく、身体をのたうたせることもしなくなった。挿入はなくても、竜一を側に置き、竜一を貪る行為で、彼の激情は治まってくれているようだった。

竜一の精を飲み干したル・デュラが身体を起こし、竜一を抱き上げた。膝の上に竜一を置き、向かい合わせになる。

「ん……」

大きく口を開けて迫ってくるル・デュラに、竜一も同じようにして応えた。甘い味が口内に染み渡る。それだけで腹が満たされていくようだ。

「ドランって精力絶大なんだな……」

萎えることを知らず、ずっと興奮し続けているル・デュラの劣情を手に包みながら言うと、「おまえもそうだ」と、心外なことを言われた。

「俺は違うよ」

「もう半分ドランだ。私とまぐわい、私の体液を受け容れたのだから」

「え、そうなの？」

驚く竜一に、ル・デュラは片方の口端だけを上げてみせた。

ル・デュラの発情期が始まって三日が過ぎ、そろそろそれも終わりに近づいているようだ。泣きそうな顔をして激情に翻弄されていた姿は鳴りを潜め、いつものゆったりとした笑顔を見せてくれるようになった。

発情期が去れば、甘美な時間も終わる。

名残惜しいと思うのは、自分が彼との行為に溺れてしまっているからなのか、それ以外の何かが自分の中に芽生えているのか、今はもう分からない。二人で過ごすこの時間があまりに濃厚すぎて、自分の本心が見えなくなっていた。

「その証拠に、私の行為に易々とついてくる」

「そうでもないよ。もうクタクタだし」

「いいや、おまえも精力絶大だ」

違う、そうだ、と、向かい合わせで抱き合いながら、口論をし、笑い合う。

「それにしても、他のドランも発情期を迎えたら、こんなふうになるの？　ジジもそう？」

ちょっと想像しにくいが、彼も立派なドランの王族だ。

「ジジには特定の番はいないのかな。俺のいた世界では、生涯一対で過ごす動物もいるし、そうじゃないのもいる。ドランもそうなの？」

ル・デュラの父親も、多くのドランと交わり、子をなしたと言っていた。予言で番を約束されたル・デュラが、特殊なのかもしれない。

「ドランに発情期はない」

「え？」

意味が分からなくて、竜一は呆けた声を出した。聞き間違いかと思う。だって今、ル・デュラがその状態なんじゃないか。

「モルドに生息するドランのなかで、発情するのは、ドランの王である私だけだ」

「……え？」

ますます意味が分からない。

「発情しないって、ええと、発情しなくても子どもが作れるってこと？　人間みたいに」

「そうではない」

またモルドに関しての、新しい情報だ。

「ちょっと分かりやすく説明してくれるかな」

「ドランは発情しない。子種がないのだ。よって子もなさない。子孫を残せるのは、この世で私だけだ。三百年前に私が掟に背いた報いを、モルドのドラン全員が受けた。彼らは私の犯した罪により、子孫を残す権利を取り上げられた」

「……ル・デュラが犯した罪って？」

金色の瞳が竜一を見つめる。縦に細長い瞳孔が、ゆっくりと細まった。

「スールを殺した」

ル・デュラたちの祖先であるソ・デュラは、ドランとスールの民を初の種族の支配から解放し、各々の国を建設しようとなったときに、スールの民と様々なことを取り決めた。

「我々ドランの持つ力は絶大だ。もしも、スールとの関係が悪化したときに、我々の力は彼らの脅威となる。ドランの王一人で、スールを全滅させることも可能なのだ。スール側はそれを危惧し、ソ・デュラと約束を交わした」

――もし、ドラン側からの一方的な殺戮《さつりく》が行われた場合、我々ドランは、罪を犯した者を残し、種の存続を放棄する。

ソ・デュラはスールの民にそう宣言し、自ら呪いを掛けた。その呪いは王の後継者に受け継がれ、そして三百年前に、ル・デュラが掟を破ったことにより、呪いが発動されたのだ。

「代々言い伝えられていた掟を、私が破った。私以外のドランは報いを受け、私はその責を一身に負った。それ以来、ドランに発情期は訪れない。私が罪を犯したあの日から、モルドにドランは一頭も生まれていない」

「それじゃあ、ル・デュラが子孫を残さなかったら……」

ル・デュラが、真っ直ぐに竜一を見た。

「モルドに生息するドランはいずれ寿命が尽き、誰もいなくなる。ドランは滅亡する」

あまりの事実に、竜一は言葉を失う。

今朝、竜一が山の異変を感じ取ったとき、ジジには分からないようだった。発情することがないから、ジジはル・デュラの放つフェロモンにも反応しなかったのだ。

「……呪いを解く方法ってないの？」

「ない。ソ・デュラの魔術は完璧だ。誰も彼の作った理を覆すことはできない」

淡々と、ル・デュラが絶望的な真実を語る。

「でも、……でも、ル・デュラには子孫を残せる権利が残ってるんだろ？」

たった一人でも、子孫を残せる者がいる。ソ・デュラがそうしたのは、罪を犯した者への戒めの意味に加え、一筋の希望を残したのではないだろうか。

ル・デュラの父も、ジジも、他の王族たちも、そう言って子を作れと説得したに違いない。

「私の番は一人だけだ。私は竜一以外の番は持たない。たとえドランが滅亡しようとも」

だけどル・デュラは番の生還を信じ、他の番は持たないのだと、頑なに言い続けた。

「なんで……そんな……」

そこまでして待つ意味なんかあるんだろうか。異世界に飛ばされ、番の印を持つ腕もなくなり、いつ戻るのか、果たしてル・デュラが生きているうちに戻ってくるのか、もしかしたらどこかで消滅してしまったかもしれないのに。

「……三百年前、水晶におまえが映し出されたとき、私はこの上もない喜びを感じた」

番を見つけた瞬間の幸福感を、三百年経った今も忘れていない。必ず二人は出逢い、愛し合う運命になるのだと確信した。

「私はあの瞬間、あの光に、……おまえに恋をしたのだ」

ル・デュラはそう言って、極上の笑みを浮かべ、「私の大切な番」と、竜一を抱き締める。

「……俺が、子どもを産まないと、ドランが滅亡する……」

「そうだ」

「返事はやっ」

信じられないような重責を知らない間に課せられていた事実に青ざめている竜一を前にして、ル・

デュラは平然と肯定し、笑っている。

「……ちょっと、何笑ってるんだよ。これ、大問題じゃないか」

「たいした問題ではない。おまえは無事にモルドに戻ってきたのだから」

「そうじゃないだろ。ドラン滅亡の危機なんだぞ」

「なに、モルド全域にはドランは何万頭もいる。それに我々は長寿だ」

楽観的な言葉に、こっちのほうがドキドキしてしまう。

「それに、俺が子どもを産んだって、その子も生殖能力がないんだろ？　そしたらやっぱり滅亡するじゃないか」

重大な事実に気がついて、大きな声を上げる竜一に、ル・デュラは、「これは、私の父の見解なのだが」と、前置きをして、話し始めた。

「スールのおまえとドランの私が子を作れば、その子の半分はスールとなる。スールの血を受け継ぐ者に、呪いは掛かっていない。従って、その子も子を作れるのではないかと言ったのだ」

「あ、そういうことか」

まだ確証はないが、と付け足して、だけどル・デュラの表情には、希望の光が浮かんでいた。

「私とおまえは、モルドの架け橋だ。幸せな未来が待っていると、占い師が予言したのだ。その者の予言も、きっと覆ることはない」

確信を持った声で、ル・デュラは「だから平気だ」と言って、竜一の唇に自分のそれを寄せた。

「そうか。そういう手があったのか」

絶望の中に、一筋の光が見えたようで、ホッとしている竜一に、ル・デュラが口づける。

「たくさん産んでくれ」

「ああ、……ってか、まだ決めてないし」

「いずれ覚悟ができるのだろう？」

目を覗かれて、うぅ……と詰まりながら目を泳がせる竜一だ。

「おまえに似て聡明で元気な子が生まれるだろう」

「覚悟がないのに産むことだけは決定しているんだな」

「二百人は産んでほしい」

「そんなに産めねぇよ。鮭じゃあるまいし」

以前のやり取りが戻ってくる。

呪いだとか、滅亡だとか、あんまりな話を聞かされて、驚いたり戦いたりしている竜一の前で、ル・デュラは以前と変わらない笑顔を見せる。

「私の子を産みたいと、心から思ってくれれば、それでいい」

そう言って「私の番」と、甘い声で竜一を呼ぶのだった。


更に半日が過ぎた頃、ル・デュラの瞳の色が完全に黒に戻り、ル・デュラの発情期は終わりを告げた。

竜一は約一日半振り、そしてル・デュラは三日半振りに、洞窟から外へ出る。濃厚なあの時間から解放されたら、現金なもので、猛烈にお腹が空いてきた。菜園に行こうと相談し、二人で山を下りていく。

ル・デュラは以前と変わらない落ち着いた風情を取り戻し、そして以前よりも竜一にべったりと纏わり付くようになった。手を取ったり、肩を抱いたり、とにかく身体のどこかを触っていたいらしい。

照れくささはあるが、大きな身体で甘えてこられると、邪険に振り払ったりはできず、ふざけたり笑ったりしながらも、結局受け容れてしまう。

身体を密着させると、ル・デュラからあの花の香りがしていて、洞窟の中の出来事を否応なしに思い起こされ、落ち着かない気分になる。ル・デュラのフェロモンに当てられてしまったとはいえ、随分大胆な行動を取ったものだと思う。ル・デュラの胸に自分から飛び込み、強引にキスを奪ったことを思い出すと、顔から火が出そうになる。

恥ずかしくはあるけれど、後悔というものはなかった。

ル・デュラは、竜一と心を伴った繋がりを持ちたいと言った。出会った瞬間に恋をしたとも。

定めだからとか、占い師が言ったからだとか、そんな理由ではなく、ル・デュラは竜一のことをちゃんと愛してくれている。

それを知ったとき、ああ、自分はそこに拘ってグズグズ言っていたのだと、己の想いに気づいたのだった。

「……そうか。まあ、そういうことだよな」

竜一の独り言を聞きつけたル・デュラが、「なんのことだ?」と、顔を寄せてくる。穏やかな笑顔は相変わらず壮絶に美しく、そんな顔のまま竜一を見つめてくる。その表情には竜一に対する愛しさが滲み出ていて、竜一の顔にも自然と笑みが浮かんだ。

この笑顔が大好きなのだ。

そして、その笑顔を見せてくれるル・デュラのことも、いつの間にかとても好きになってしまっている。

洞窟に籠もっていたときは、あまりに濃厚な情愛の交わりに、自分の心が見えなかった。欲望が先に立ち、心が追いついてこなかったのだ。

だけど嵐のようなあの時間が過ぎ去ったあとも、ふわふわとした心地好さが残っていて、胸の奥にあった疼きもなくなっていない。

ル・デュラの自分に向ける愛情を確認し、竜一にも同じ感情が芽生えていることを、今確かに自覚したのだった。

「竜一？」

竜一の言葉を待ち、呼びかけてくるこの声も好きだ。いつでも竜一のことを考え、希望を叶えようとしてくれる、竜一の番。

「今夜からまたパトロールに出掛けるのか？」

好きだと言ってしまいたい衝動と、照れくささが同時に湧き、つい話題を変えてしまった。

「ああ、出掛ける。ドランたちが心配だ」

ル・デュラがそう言って、空を見上げた。雨はすっかり上がり、二つの月がくっきりと空に浮かんでいる。

ドランはスールを殺してはいけないのに、スールはドランを狩る。力の均衡を保つための処置とはいえ、ドラン側に課せられたペナルティは、随分不公平だと思う。

もともと温厚な性格のドランだ。祖先のソ・デュラは、スールが暴挙に出ることなど考えなかったのかもしれない。

菜園に行くと、ジジがドランたちを連れて収穫をしていた。竜一とル・デュラが連れ立っている姿を見つけ、短い足を高速で動かし駆け寄ってきた。

「ジジ、黙っていなくなってごめん。心配しただろう」

『知ってた。兄さんのところにいたんでしょ？』

「ええっ」

ジジの声が言葉になっていて、竜一は仰天した。

「ジジ、どうしたの？　しゃべれるようになったのか？」

いつもはキュ、キュ、という鳴き声にしか聞こえなかったものが、ちゃんと言葉として聞こえる。

『……ああ、僕の言葉が聞き取れるようになったんだね』

そう言って、ジジが二人を見上げた。

『ということは……』

そう言ったきり、ジジが短い手を胸の前で組み、モジモジと身体をくねらせる。

『兄さん、本懐を遂げたんだね。おめでとう』

そしてル・デュラに向けて両手を広げ、祝福の言葉を贈った。

『そうかあ。やっとか。ヤキモキしてたんだよ？　早くくっついちゃえばいいのにって』

「ジジ、何言ってんの？」

「ああ、ジジ、ありがとう。素晴らしい一夜を過ごした」

「おい、そっちも何報告してんだよ」

『子どもはすぐに生まれる？』

「それはまだだ。だがまもなくだな」

「ちょ、勝手に話を進めないで」

『楽しみだな。お世話は任せてね。僕、頑張るから』

「よろしく頼むぞ」

慌てる竜一を前に、兄弟で家族計画の相談をしていた。

ジジも加わり、久し振りに三人で食事をとることになった。

採ってきた花と果物、野菜を山盛りにした食卓が並ぶ。それらの味が前よりも美味しく感じた。半分ドランになったとル・デュラが言ったことの意味を実感する。

ジジがモフモフの服を新調してくれと、ル・デュラにねだっていた。

今までもジジのことは可愛くて好きだったが、会話ができるようになり、より親しみが増した。

「食事を済ませたら、水浴びをしよう」

ル・デュラに誘われ、二つ返事で頷く。山の中腹にある大きな池は、洗濯場兼、生け簀兼、水浴び場だ。竹のような空洞のある植物に無数の穴を開け、上から水を注ぎ入れて使う簡易シャワーは、水圧が気持ちいいのか、ドランたちにも人気のスポットになっている。

「シャワーもいいけど、お風呂って造れないかな。穴を掘って石を敷き詰めて、水を溜めるんだ。それで、そこに焼き石を入れて沸かすの。お湯に浸かるのは気持ちいいよ」

思いついて提案すると、ジジが即座に賛同した。

『火を噴く山にある湯気の出る池と同じだ』

「温泉があるんだ」

「あるぞ。百年に一度の頻度で爆発を繰り返す山がある。あの辺りは天然の湯がそこかしこで湧いているぞ。行ってみるか」

「行きたい」

『僕も！』

三人で温泉に行く計画がたちまち立ち、明日には行こうということになった。

『身体を温めて、子作りに適した身体になるといいよ、竜一。ほら、野菜もどんどん食べて』

「ジジ、姑くさいことを言わないでよ」

賑やかに食卓を囲み、楽しい時間が過ぎていく。

空の色が綺麗だと思った。山の景色も、以前と変わらないはずなのに、なんとなく色合いがくっきりと見える。空気が優しくて甘い。ずっとル・デュラに抱かれているようだ。

自分の中で、何かが確実に変わっていることを、耳と目、肌で感じていた。

明日には、どんな新しいことを発見するだろう。

モルドにやってきて半年が経ち、竜一は今日、自分がここの住人なのだということを、はっきりと自覚した。

ここで生活し、ここで生きていく。

遠くない未来、おまえはル・デュラの子どもを産むだろうという予言めいた声が、どこからか聞こえたような気がした。

買い物に行くかと誘われて、竜一は野菜を収穫していた手を止めた。

すぐ側にはル・デュラが立っていて、優しい顔で見下ろしている。

「そろそろ足りない物が出てきただろう。町へ買い物に行ってこい」

ル・デュラが発情期を終えてから、二週間が経った。モルドでの生活は滞りなく、平穏に過ぎている。

山での生活は、ないものを他の何かで代用することで営まれているが、布や鍋などの生活用品や衣服は、やはり町から調達したほうが便利だ。スールと関わるのにあまり気乗りのしない竜一だが、ル・デュラは、スールの民は決して悪い人ばかりではないと、庇うようなことを言う。

「おまえもスールの民の一人なのだから。本質は皆おまえと同じだ」

お人好しで優しいドランの王は、スールの民の善意を信じ、古の友好の約束を律儀に守っている。

「買い物に行くのはいいけど、あのさ」

「なんだ」

「ル・デュラも一緒に行かない？」

竜一の誘いに、ル・デュラが目を見開いた。

「町に行って、一緒に買い物をしようよ」

「しかし、私はスールの民に恐れられている」

以前町へ単独で出掛けたときに、町は恐慌状態になり、みんな逃げてしまったのだそうだ。

繊細なル・デュラは、スールの民たちの態度に傷ついたのだろう。それ以来、スールとのやり取りは、時々現れる行商人とするのみとなっていた。

「それってもうだいぶ前の話なんだろ？」

「百五十年ほど前だな」

「じゃあ、覚えている人なんてほとんどいないよ。実際のル・デュラを見たら、変わるって」

「しかし……」

ル・デュラが、左手で自分の右腕を触った。スールの身体にドランの腕。自分が王であることを隠せないル・デュラには、この姿で大勢の前に出るのは、難しいようだ。

「スールの王様に、俺を紹介してくれるんだろう？」

「ドランの王の番だって、紹介してくれよ。挨拶して、認めてもらって、それで堂々とスールの町を二人で歩こうよ」

逡巡しているル・デュラにそう言うと、彼が顔を上げた。僅かに口を開け、驚きの表情をしている。

スールの人々が噂するル・デュラの人物像は、過去の事件に尾ひれがついた、ただの噂話だ。この美しく、気高いドランの王の姿を実際に見たら、みんなの見る目が変わると思うのだ。

「俺たちは、スールとドランの架け橋になるんだろ？　俺はスールの人たちに、ル・デュラの真の姿を見せたいんだ。暴君でも乱暴者でもない、凄く立派な王様だってことを、みんなに知らせたい」

竜一の番の王様は、強くて誠実で、とても愛情深い。酷い目に遭わされたスールの人々のことも許し、思いやり、仲良くしたいと願っている。

「俺の番が変な悪評で誤解されたままなのが、嫌なんだよ。すげえ恰好良いいだろうってみんなに自慢したいんだ」

明るい声で言い切る竜一を、ル・デュラが見つめている。

「覚悟を……決めたのだな」

竜一は真っ直ぐにその目を見返し、笑顔で頷いた。

「俺、ル・デュラのことが好きだ」

はっきり自分の気持ちを自覚したのは二週間前だ。ル・デュラと抱き合ったあの日、彼が自分を思うのと同じぐらい、竜一もル・デュラを求めていたことに気づいた。

竜一の告白に、ル・デュラは目を見開いたまま動かない。

「……なんか言ってよ」

意を決して告白したのにと、照れくささもあって、石像のようになっているル・デュラを睨む。

「私を……恰好良いと」

「そこじゃないだろ」

「皆に自慢して回りたいと」

「ああ、そうだよ。俺の番は世界一恰好良いからみんなに自慢したい」

ヤケクソのような声を出す竜一に、ル・デュラの表情がフッと綻ぶ。

「私を生涯の番だと認めるのだな」

信じていいのかと、ル・デュラが何度も確認する。

「だからそう言っているだろ。……好きだよ。ル・デュラのことが。ずっと一緒にいたい。それに、ル・デュラとの子どもなら、産みたいって思う」

初めはそんなことは絶対に無理だと思っていた。今でもやっぱり少し怖い。

だけど、恐怖よりも、ル・デュラの願いを叶えてあげたいという気持ちのほうが強くなってしまったのだ。ル・デュラの望みは竜一の望みでもある。

二人の子をこの手に抱きたいと、心から思う。

「……竜一」

ル・デュラが竜一の手を取り、そのまま地面に膝をつく。

「ようやく私のものになってくれた」

恭しく竜一の手にキスをしたル・デュラは、そう言って艶やかに笑う。

大仰な仕草が照れくさいが、今は茶々を入れないでおく。私の番と、いつものように呟く声が、僅かに震えていたからだ。

「末永く、仲良くしような」

茶々の代わりにそう言って、竜一からも「俺の大事な番」という言葉を、目の前にいる人に贈った。


すぐに行こう、さあ行こうと、ル・デュラに急かされて、スールの町までやってきた。

以前と同じ、宮殿のある一番大きな町だ。

ジジは今日、留守番だ。頑張ってきてとエールをもらった。

竜一を背中から降ろしたル・デュラは、竜一と同じスールの姿に身を変えて、二人で町の中を歩く。

道を行く人々がギョッとした顔で振り返り、割れるように道が空いた。通り過ぎる後ろからは、何事が起こったのかという、驚きと戸惑いの気配が蔓延していく。

竜一の隣を行くル・デュラは、いつもと変わらない泰然とした姿で町の中を歩いていた。

「私が以前来たときと、あまり変わっていないな」

町並みを眺め、感想を言う余裕もある。流石五百年生きているドランの王様だ。

ル・デュラの出現の噂は瞬く間に広がり、遠巻きに人だかりができていく。さざ波のようなざわめきの中、「大きい」や「あの腕を見ろ」「恐ろしい」という声がそこかしこから聞こえてきた。

人だかりのなかには、ドランを連れている人もいて、ル・デュラの姿を認めたドランが、ブォン、と鳴いた。ル・デュラがドランのほうへ近づいていく。いきなり自分のほうへやってきたル・デュラを見て、スールがドランを置いて逃げた。それに釣られて周りの人も悲鳴を上げて走りだす。町が騒然となってしまった。

「ああ、怖がらせるつもりはなかったのだが」

完全にパニックに陥った人々の様子に、ル・デュラが申し訳なさそうに言った。

逃げ惑う人の波に巻き込まれ、小さな女の子が転んでしまい、泣き声を上げた。「お母ちゃん」と叫ぶが、誰も子どもに見向きもしないで一目散に逃げていく。

ル・デュラが子どもに近づき、跪いた。そっと抱き起こし、「怪我はないか」と、膝や頭を優しく撫でている。

「転んでしまったな。可哀想に。急に近づいて悪かった。怖かったな」

いっとき恐怖で固まった女の子は、ル・デュラの優しい声と手つきに、落ち着きを取り戻したらしく、スンスンと洟を啜り、それから小さな声で「平気」と言った。「そうか」と、笑うル・デュラを見上げ、ボウッとした顔をする。

男の竜一でさえ、ついには陥落してしまったル・デュラの美貌だ。それをこんな間近で見たのだから、そうなるのも当たり前だと思った。惹かれたのは美貌だけじゃないけどな、などと一人で言い訳をしてみたり。

とにかくル・デュラに助けられた女の子は、一目で彼の虜《とりこ》になってしまったらしい。

「この子の親はいるか」

子どもを腕に抱いて、ル・デュラが町の人に声をかける。

ル・デュラに抱っこをされた女の子は、自分の目線の高さに驚き、キョロキョロした。そしてル・デュラの形の違う腕を見て、「腕が違う」と、怖い物知らずなことを言う。

ル・デュラは、女の子の言葉に、ニッコリと笑い「そうだ」と答える。

「取れてしまった。だから代わりの腕をつけたのだ」

「怪我したの？　痛かった？　泣いた？」

「ああ、泣いた。今のおまえのようにな。一緒だ」

女の子がはにかんだように笑い「一緒」と言っている。

人垣の中から母親が出てきて、子どもを渡す。離れていくル・デュラに、女の子が「ありがと、さよなら」と手を振った。母親に向かって、「凄く綺麗だった」「優しかった」と、興奮した声で報告をしている。

騒ぎのきっかけになったドランにも声をかけ、ル・デュラが竜一のところへ戻ってきた。

女の子との一連のやり取りを見ていたスールの人々が、またヒソヒソと会話をしている。だけどその内容は「話が通じるじゃないか」というものに変わっていた。

「あの顔を見ろ。なんて綺麗なんだ」

「ああ、あんな美形は初めて見たぞ。あれが町を破壊した暴君だっていうのか」

「今見ただろう？　子どもを助けた。……噂は嘘なんじゃないか？」

町へ入ったときとは明らかに違っている彼らの態度に、竜一はほらな、と得意満面だった。

彼に直接接すれば、どれほど素晴らしい人なのかということが、すぐに分かるのだ。

「やっぱり来てよかったな。ル・デュラへの印象が変わったみたいだよ」

「竜一、山へ戻ったら、さっそく子どもを作ろう」

町の人の好印象に気をよくしている竜一の横で、ル・デュラがまったく空気を読まない発言をする。

「なんで今そんな話になるんだよ」

「スールの子どもは可愛らしいな」

今し方短い交流を持ったことで、ル・デュラは俄に子どもが欲しくなったらしい。

「おまえの子ならさぞかし可愛らしいだろう」

そんなことを言いながら、花が咲くように笑う顔を見て、「そりゃ、ル・デュラに似たら、もの凄く可愛いのが生まれるだろうな」と、竜一まで我が子の姿を想像してしまう。

「っていうか、発情期は終わっちゃったんだから、すぐには無理だろ？」

「いや、そんなことはない」

「え？　そうなの？」

発情期は、その気がなくても否応なしに欲情する現象だが、竜一を欲する気持ちは、時期も期間も関係ないのだという。

「私はいつだっておまえとまぐわいたい」

「ちょ……っ」

こんな往来で言う言葉じゃないだろうと赤面する竜一に、ル・デュラが壮絶に美しい顔を寄せてくるのだから堪らない。

「その話は山に帰ってからな！」

耳まで熱くなった顔を隠しながら、早足になる竜一だった。

宮殿を目指しながら、途中にあるマルシェの中に入っていく。

マルシェでも、やはり最初のときのようにちょっとした騒ぎが起こったが、ル・デュラの落ち着いた態度と、類い希な美貌に、皆大人しくなるのだった。

マルシェには、装飾品を置いてある店もあり、ル・デュラが興味をそそられたようだった。店頭にはネックレスやリングなどが並んでいる。

「美しいものだな」

磨かれた石や、金銀を加工して作られた装飾品を珍しそうに見ている。山でもジジやドランたちに、草冠や花の首飾りを作ってあげていたから、ル・デュラはこういう装飾品が好きなのかもしれない。

「お揃いで着ける？　ほら、これとか」

竜一が言うと、ル・デュラが「……お揃い」と呟き、「そうしよう」と、張り切って商品を吟味し始めた。

「これは？　宝石がついてるよ。綺麗だね」

「ああ、いいな」

「こっちのシンプルなのもいい感じ」

「それもいい」

「自分の意見はないのかよ」

「だってどれもいい。迷う。困った」

子どものように目を輝かせて、ル・デュラが竜一とお揃いにするための装飾品を選んでいる。散々迷った挙げ句に、店主に「おまえはどれがいいと思うか」などと意見を求め、店主をビビらせていた。

「目利きが薦めるのだ。さぞかし良いものだろう」

そんなふうに言われ、店主が恐る恐る二種類のバングルを差し出す。

銀細工の細いバングルと、金の太めのバングル。金のほうには赤い石と青い石がそれぞれはめ込んである。

「ほう。どちらも良い品だ。竜一はどちらがいい」

「そうだな」

お互いに気に入ったほうを同時に指そうと決め、せーので選ぶと、見事に別々を指した。

竜一はシンプルな銀のバングル、そしてル・デュラは豪華な金のバングルのほうを選んだ。

「ありゃ、意見が分かれた」

「私は竜一の選んだほうでいい」

すかさずル・デュラが譲ろうとする。

「俺もル・デュラの選んだほうでいいよ。うん。こっちのほうがル・デュラに似合いそうだ。こっちにしよう」

「いいや。こちらの銀が竜一に似合う。こっちにしろ」

店頭で言い合いが始まり、間に挟まった店主が呆気に取られている。

押し問答の末、竜一が押し切り、ル・デュラが選んだ金のバングルを購入することになった。

「あ、そういえばお金足りるかな。値段を考えないで選んじゃったよ」

前に来たときに換金したお金が残っていたが、足りないかもしれないと焦っていると、店主が「お代など滅相もありません」と、慌てて言った。

「店主、そういうわけにはいかない。足りなければ、そうだ。これを足しにするのはどうだ」

ル・デュラが懐からドランの鱗を取り出した。

「金のほうがよければ、すぐに換金してくる。それまで他の者に売らないでほしいのだが」

せっかく選んだ品物が売り切れてしまうのを恐れて、ル・デュラが必死に取り置きをお願いするのが可笑しい。ル・デュラに迫られた店主が目を白黒させていた。

結局、お金は取らず、持参したドランの鱗一枚で、二人お揃いのバングルを手に入れた。

「鱗一枚で足りるのか」

「もう、もう、十分です。こちらがお釣りを支払わなければいけないぐらいで」

「そうか。それならよかった。釣りはいらない。良い品を選んでもらった。礼を言うぞ」

受け取った商品をすぐにお互いの腕に着けた。ル・デュラは赤い石のほう、竜一は青の石のバングルだ。

「竜一とお揃いだ」

お気に入りのバングルを身に着けて、ル・デュラがホクホクとした顔をしている。

連れてきてよかったと、その笑顔を見て思った。

購買意欲に火が点いたル・デュラは、並ぶ店の商品を軒並み見て回ろうとする。

「おい、そんな物を持ってスールの王様に会いに行く気か。買い物はあとにしようよ」

雑貨を扱う店の前で鍋を選び始めたル・デュラを叱りつけ、まずは目的を果たそうと、引っ張っていく。竜一に連れていかれながら、ル・デュラが大判のシーツが欲しいのだと言った。ル・デュラの住まいには干し草が敷かれているだけなので、あっちの住まいにもベッドを置くのだと。

「これからは、おまえも頻繁に私の住まいを訪れるのだから」

そのためのベッド作りだと高らかに宣言されて、顔を赤らめる竜一だった。


買い物を済ませ、マルシェの先にある宮殿に向かう。

宮殿は相変わらずスールの町の中で異質な佇まいを見せている。

「宮殿の様子は、私がまだここへ頻繁に訪れていたときとは変わってしまったな」

父のラ・デュラに伴い、スールとの交流のために、度々宮殿に来ていたのだという。

「モルドを巡回しながら時々上から見ていたのだが、ここ百年の間に、このような形になっていった」

宮殿の近くまで行くと、外観の詳細が見えてきた。壁や柱には仰々しい紋様がびっしりと掘られていて、そのなかにドランの姿を描いた紋様があった。

「これは、スールの初代の王が、友好の証しとして用いたものだ」

ドランの初代王ソ・デュラによって初の種族から解放されたスールの民は、恩恵を忘れないために、ドランの姿を描いたのだと言った。

「忘れ去られちゃったけどね」

番の話も、初の種族の存在も、大昔、スールがドランによって救われた話も、すべてないことにされた。新しい宮殿の壁に描かれたドランは、もはやただのデザインに過ぎない。

「それでは行こうか。おまえを王に紹介し、伝説の存在を改めて明らかにする」

番は確かに存在し、今こそ過去の遺恨を払拭し、伝説の通りに、二つの国で手を取り合って、互いに発展していこう。

そう言って宮殿を見上げるル・デュラの横顔は、希望に満ちていた。その堂々とした風情に、自分まで誇らしくなる。

宮殿の門の前まで行くと、伺いを立てる前に、門が内側から大きく開いた。中から侍従がやってきて、「お待ちしておりました」と、深く頭を下げる。

竜一とル・デュラは顔を見合わせ、侍従のあとについていった。

広いエントランスを過ぎ、長い廊下を歩いていく。

宮殿の中は、外観と変わらず、豪奢な飾りで彩られていた。歴代の王と思われる肖像画が並び、壁にも柱にも外と同じように彫刻が施されている。

やがて宮殿の中央付近にある、謁見の間へ案内された。

広間の奥にはスールの王だろう、老人が座っていた。王冠は被っておらず、白髪交じりの長髪を後ろで括ってあるだけだ。着物は町にいた人たちと仕様は一緒で、ただし、艶やかな色で染め上げた、刺繍《ししゅう》の施された豪奢なものだった。部屋の両側には側近がずらりと居並んでいる。

竜一たちが部屋に入ると、王が立ち上がり、自らこちらへやってきた。

「ドランの王が数百年振りに町を訪れたと聞きつけ、お待ちしておりました」

町での騒ぎはすぐにここに届き、大急ぎで迎える準備をしたのだろう。

「突然の訪問をお許しいただきたい」

ル・デュラが頭を下げると、王は慌てて「そのようなことはお気になさらずに」と、頭を上げさせようとする。

スールの王は、竜一が想像していたのとは違っていた。この宮殿の感じから、もっとでっぷりとした押しの強そうな人を想像していたのだが、目の前で挙動不審な動きを見せている人は、ヒョロッとした痩せ型で、気も弱そうだ。いつもル・デュラの王様っぷりを間近で見ているので、よけいに頼りなさそうに見える。ドランの王の突然の訪問に戸惑っているのがありありと分かった。すぐ側で控えている髭の生えた側近のほうが、よっぽど王様然としている。

「今日は、古の伝承が真実であったことを伝えに来た」

一方のル・デュラは、堂々としたもので、なんら臆することなくそう言って、竜一を引き寄せた。

「これが私の番。桜庭竜一という。以後、お見知りおきを。私たちは未来を約束された番同士、一時は離ればなれとなり、行方を失っていたが、ようやくここモルドへ帰ることが叶った。彼はスールであり、私、ドランの王ル・デュラの真の番である」

ル・デュラの言葉は淀みなく朗々と王の広間に響き渡る。

「私と竜一は、スールとドランの架け橋となる者である。今まで疎遠となっていた両国だが、また昔のような友好的な関係を復活させたいと願っている」

スールの王は、瞬きもせずにル・デュラの口上を聞いている。ポカンと口を開けた表情は、さっきの装飾屋の店主とそっくりだ。

ル・デュラの口上が終わり、次に王の言葉を待つが、呆気に取られたまま動かず、ついには髭の側近に「……王」と促されて、ようやくギクシャクと動き始めるのだった。

「……ご丁寧な口上を賜り、至極光栄に存じます。伝承とは……これはまた」

そう言ったきり絶句し、しばらくした後に、「確かにそのような記録がございます」と言った。

「かの番の伝承が、よもや真実とは……」

「真実だ。ドランとスールとは、数々の協定を結んである。そのなかに、予言の番が出現した折には、互いの王に事実を伝え、今後のことを協議するという項目がある。私はそれに従い、こうしてやってきた」

戸惑うばかりだったスールの王も、ようやくル・デュラの訪問の意図を理解したようで、焦点の合った目つきになった。

「番の伝承が確かならば、我が代でそれが実現することは、まさに僥倖《ぎょうこう》としか言いようがありません。まことにめでたきこと」

王はそう言って、竜一のほうへ視線を移し、「あなた様が」と目を瞬かせる。

「スールとドランとの架け橋。そうですか。ドランの番にスールが……」

そのまま王が再び沈黙した。

言葉通りに喜んでいるのか、未だに信じられなくて戸惑っているのか、どちらとも取れない王の態度だ。記録は確かにあると王は言った。残された記録がどのようなものなのか、こちら側からは知る由もない。

三百年もの間、疎遠になっていた両国の関係だ。伝承の記録が残っていても、そのうちうやむやになり、過去の遺物として押し込められていたのだろう。そして突然百五十年振りにドランの王がやってきて慌てふためいている。王の態度と、町の人たちの話を総合すれば、そんなところだ。

周りの側近たちは、表情を動かさないまま蠟《ろう》人形のように立っている。

「今後のことは、これから追々話し合う機会を持ちたいと思う。今日は挨拶に伺ったまでだ。突然の訪問に関わらずご対応いただいたことに礼を申す」

竜一をスールの王に謁見させるという目的を果たしたル・デュラが、そう言って暇を告げると、王はあからさまにホッとした顔をした。すると、側近の髭の男が、また「王」と言って進み出る。

「はるばるご訪問いただいたのです。ここは是非、ドランの王を歓待されては」

側近の言葉に、王がハッとして、「そうか、そうだな。急ぎ宴会の準備を」と、周りの者に声をかける。

「いや、今日のところはこれでお暇する」

「そのようなことをおっしゃらずに」

王の誘いを丁寧に断るが、向こうも引かず、側近にすぐさま宴の準備をと命令する。再び強く勧誘され、結局竜一とル・デュラは、スールの宮殿で、彼らに歓待されることになってしまった。

ル・デュラと竜一を歓迎する宴が大々的に行われた。

料理や酒が振る舞われ、綺麗どころを集めた舞まで披露される。

王自らが酌をして、めでたい、僥倖だと、上機嫌でもてなそうとする。謁見の席でのオドオドした態度と打って変わっての歓待ぶりに、こちらのほうが戸惑ってしまうほどだ。さっきまで始終張りつけていた、惑いや怯えの表情もすっかり消え、ル・デュラに酌をしながら、自らが酔っているような穏やかな笑みを浮かべていた。

ル・デュラはこんなときでも泰然としていて、流石だと思った。なみなみと注がれる酒も顔色一つ変えずに飲み干していく。

両国の今後については、あとでちゃんと協議をすることになっているが、スールに預けているドランの境遇についてや、ドランを捕獲しようとする人たちへの取り締まりなど、雑談を交えてわりと真剣に話し込んでいた。

ル・デュラの育てている果実について、今後は行商人の独占にせず、国と契約を結び、定期的に出荷することが決められた。ル・デュラが品種改良をした果実の苗もスールに分け与えると言うと、王も他の人たちもとても喜んだ。

「以前、ドランはスールの民に農耕の術を教わった。与えられた恩恵を、こちらからもお返ししたい」

ル・デュラの真摯な態度に、王も側近たちも満面の笑みで頷いた。

「これからは、我々スールのほうからも、ドランの王の住む山に、頻繁に訪れることになりましょう」

初めはドランの右腕を持つ破壊王の噂に、皆戦々恐々としていたが、時間が経つにつれ、場が和やかに解れていった。噂と違うル・デュラの穏やかな様子に、安心したのだろう。そしてやはり、彼の見た目の美しさも一役買っているのだと思う。舞を終えた踊り子さんたちが、我も我もとル・デュラに酌をするために群がった。

謁見の間では王の保護者のように口出をしていた髭の側近も、王の落ち着いた様子に安心したのか、遠くからこちらを見守っていた。

宴会は夜更けまで続き、結局竜一たちは、宮殿の客間に泊まることになった。飛べばすぐだからと固辞したが、これも是非にと乞われ、断りきれなかったのだ。

客間に案内され、ようやく解放される。客間には大きなベッドがあり、竜一はそこに飛び込み、溜め息を吐いた。

「もの凄い歓待ぶりだったね」

干し草とは違う、綿入りのマットの上に俯せになり、今日の出来事を振り返る。

「そうだったな。あのようにすんなり事が運ぶとは思わなかった」

威厳を保ったまま悠然と対応していたように見えたが、ル・デュラにとっても、スールの人たちの歓迎ぶりは予想外だったらしく、内心驚いたという。

「時間を掛けて、少しずつ関係を回復させていこうと思っていた」

「そうだね。ね、来てよかったでしょ」

町の人たちは、最初こそパニックになりかけたが、すぐに治まった。転んだ女の子のお蔭もあったが、ル・デュラ自身の魅力が彼らの認識を変えさせたのだ。

「会ったら絶対人気者になるって分かってた」

一部熱狂的過ぎる人もいたが、と宴会の席での踊り子さんたちの顔を思い浮かべ、竜一は苦笑した。

「竜一のお蔭だ」

ベッドに俯せている竜一の隣に腰を下ろし、ル・デュラが言った。

「竜一がいなければ、私は自分に対する皆の恐怖に感応し、頑なな態度を取ってしまっていただろう。おまえが側にいたお蔭で、落ち着いていられた」

「そうなの？　余裕綽々に見えたけど」

「そんなことはない。ただ、おまえが私を自慢したいと言ったから、そう見えるように努力したのだ」

そう言って、「私は恰好良かったか？」と竜一の目を覗く。

頼もしいドランの王様は、落ち着いた風情を見せながらも、過去の傷を抱えたまま、内心は不安だったのだ。それでも竜一のために心を奮い立たせ、竜一の恥にならないようにと、毅然《きぜん》として振る舞ってみせた。

「ああ。もちろん。凄く恰好良くて、自慢だった」

竜一の大切な番は、いつでも自分のことを一番に考えてくれている。とても愛されているという実感に、竜一も笑ってそう答えた。

ル・デュラの左手が、竜一の頭に乗せられた。腕には今日マルシェで買った、お揃いのバングルが着けてある。

「おまえが私を動かした」

スールの王との謁見も済み、竜一はル・デュラの番としてスールに認識された。王室や町の人々のル・デュラに対する恐怖も誤解も、頻繁に行き来するうちにすっかりなくなるだろう。

両国の未来は明るい。竜一が来てからはいいことばかりが起こると言って、ル・デュラが笑った。


宮殿に泊まった翌日。ル・デュラと竜一は再び王と謁見の間で会った。

昨夜宴の席で話していたことを、具体的に詰める協議を行う。

それが済むと、次には川沿いにある別の町へと案内され、そこの町長や重役たちと引き合わされた。ル・デュラの訪問は、既に近隣にも周知されていて、どこへ行っても歓迎された。新しい町を訪れるたびに宴会が催される。そこでも引き留められ、一晩、また一晩と滞在することになってしまった。スールにしてみれば、一つの町がル・デュラをもてなせば、自分たちも当然それに倣わなければならないと思うのだろう。熱心に誘われて、結局頷かざるを得ない状況に陥っていた。

懇願されると、もともと気の優しいル・デュラのことなので、拒否するのが難しい。ドランの姿になり、飛び去ることは可能だが、今後のスールとの関係を思うと、それも憚られ、ル・デュラも流石に困惑していた。

「厚意はありがたいが、巡回も滞っている。それにジジに任せたきりで、向こうも大変な思いをしているだろう」

スールの町での滞在が四日目となったとき、また新しい町へ赴きながら、今日こそは誘いを断り、帰ろうと二人で相談した。

町を案内され、ドランの恩恵をこの町にもいただきたいという要望を聞き、協議を進めていくなか、案の定宴会に招かれ、前以て相談していた通りに断る。

「また次の機会に滞在の機会を設けよう。今日はここで」

「せっかくいらしてくださったのですから、そこをなんとか」

「いや……」

執拗な勧誘に困り果て、それでも断ろうとしたル・デュラが言葉を切ったまま、動きを止めた。

「ル・デュラ様。こちらでは既に宴会の用意が調っているのです。どうか」

町の重役が賢明に説得を繰り返すなか、ル・デュラは一点を見つめたまま動かない。

「ル・デュラ、どうした？」

竜一が声をかけたと同時に、ル・デュラが立ち上がった。

「ジジが来ている」

「え？」

町の会議場の中にいたル・デュラは、壁の向こうを見透かすように凝視して、やがて急ぎ足で建物から出ていった。

ル・デュラのあとを追い竜一も外へ出ると、ドォンという爆音と共に、ル・デュラが大型のドランに変身していた。

「竜一、乗れ。宮殿に向かう」

背中に竜一を乗せ、ル・デュラが飛び上がった。下では今一緒に会議をしていたスールの人たちが、竜一たちを見上げている。巨大ドランの出現に、腰を抜かしている人もいた。

ほとんどひとっ飛びで宮殿のある町の上までやってきた。ル・デュラが首を動かし、ジジを探している。そして見つけたのか、急降下を始めた。

目指したのは宮殿の前にある広場だった。竜一がル・デュラの背中から下を覗くと、人だかりの輪ができていて、輪の中心に何かがいる。

再び凄まじい爆音を立てて、ル・デュラが降り立った。巨大ドランの突然の飛来に、集まっていた人々が、悲鳴と共に蜘蛛《くも》の子を散らすように逃げていく。

モウモウと立ち上る砂埃の先に、一頭のドランがいた。翼を持つ王族のドランだ。その傍らにジジが倒れていた。

「ジジ！」

ドランに守られるようにして横たわるジジは、悲惨な有り様だった。いつものモフモフの服は身に着けておらず、剝き出しの皮膚のあちらこちらから血が流れている。脇腹には刺されたのか、穴が空いていた。そこからも大量の血が流れ出ていた。

「ジジ、何があったのだ」

『……スールがやってきて、襲われた』

留守を預かっていたジジたちのところへ、スールの民が突然押しかけ、一方的に攻撃してきたのだという。

「スールが。どういうことだ」

『水晶を寄越せと言った』

全身に怪我を負ったジジが、絞り出すような声で告げる。

『どこかにあるはずだ。今すぐ出せ、そうしないと全員殺すと』

渡すわけにはいかないと、抵抗したドランたちだったが、そんな彼らをスールは容赦なく攻撃した。ル・デュラに代わり、ドランたちを守る役目を担っていたジジは、犠牲者を出すわけにいかず、彼らに水晶を渡してしまったのだ。

『だけど、彼らは水晶を手に入れたら、再び襲ってきた。水晶を手に入れるために、僕たちを騙した』

ジジたちは必死に抵抗し、ドランたちを逃がすことになんとか成功した。ジジはこのことをル・デュラに知らせようと山を下り、行かせまいとするスールに追われながら、ようやく辿り着いたのだった。

『ここへ来るまでに、幾頭ものドランが怪我を負った』

ジジを助け、町まで連れてこようと協力してくれたドランも次々と襲われ、ようやく翼を持つ王族のドランと落ち合うことができ、辿りつくことができたのだ。

『このことを他の王族に知らせようと、みんな頑張ってくれている』

「なんてことを……。ジジ、しっかりして」

血まみれのジジを抱きかかえ、竜一は必死に呼びかけた。

「スールの王よ！　これはどういうことだ……っ！　私を足止めしたのは、このためだったのか」

地面が割れるほどの大声を放ち、ル・デュラが問い詰めた。

「スールの王よ。これはおまえが命令したことか」

ル・デュラの怒号が遠くまで響き渡る。町はシンとして、宮殿からは誰も出てくる気配がない。

ル・デュラが翼を羽ばたかせ、飛び上がろうとした瞬間、何かに叩きつけられたかのように地面へ落ちた。石畳が砕け、辺りに飛び散る。

「ル・デュラ！」

再び飛び上がろうとするル・デュラは、そのたびに叩きつけられ、しまいには動けなくなった。踠《もが》く身体を、見えない何かが縛りつけているようだ。ジジをここへ連れてきてくれたもう一頭のドランも、ル・デュラと同じように地面に伏している。

——水晶は我々の手に渡った。もはやドランなど敵ではない。

どこかから声が聞こえ、竜一は辺りを見回すが、誰の姿も見えず、声だけがする。

——ドランの王、ル・デュラよ。我々はこの日を待っていた。我々の前にひれ伏す無様な姿を見るこの時を。

声音は怨嗟に満ち、ひしひしと憎しみが伝わってくる。

「初の種族……」

竜一の呟きを聞きつけたのか、「その通りだ」という声がした。

三百年前、全滅したとされていた初の種族は、生き残っていたのだ。ソ・デュラによって地位を剝奪されたあのときと同じようにして身分を隠し、一般の民としてスールの間に潜伏し、復讐の機会を狙っていた。

――水晶さえ手に入れれば、おまえの力など怖くはない。ましてその右腕は他人のものだろう。本来の力の十分の一か、二十分の一ほどしか発揮できないのだろう？　その上水晶は我らの手の中だ。今のおまえは百分の一の力も出せていない。それを証拠に、おまえは今身動き一つできはしまい。

ル・デュラが喉を鳴らし、必死に呪縛から逃れようとするが、縛めはきつく、首を起こすこともできない状態でいた。

――そのような卑小な力では我々に太刀打ちできないだろう。いいざまだな。

空から非情な笑い声がする。

――我々初の種族に刃向かうなど、初めから間違っているのだ。おまえたちは、我々が知恵をつけてやったことを忘れたのか。このモルドは、もともとは我々のものだ。今こそ返してもらう。

魔力を増大させる水晶を手に入れ、ル・デュラの力をも封じ込めた初の種族は、かつての栄華を取り戻そうとしている。

「やめろ！　水晶を返せ！　ル・デュラを解放しろ」

ジジを抱いたまま、竜一は空に向かって叫んだ。声の主は未だに姿を現さない。

「卑怯だぞ。出てこられないのか」

——ドランの番か。厄介な存在だ。おまえがこの世に現れてしまったせいで、我々の祖先は惨殺《ざんさつ》されたのだ。

「自業自得だろ！　卑怯な手を使って水晶を奪い、罪もない人を大勢犠牲にした。自分のしたことが、自分に返ってきただけじゃないか」

——生意気な口を利く。おまえの後ろ楯となる者は、そこでのたうっているのだぞ。おまえに何ができる。

「できるとかできないとかじゃない！　間違っているって言っているんだ」

こんな方法で国を手に入れても、誰も幸せにならないじゃないか。ドランとスールは、これから手に手を取って、幸せになろうとしていたのに。

「とにかくル・デュラを放せ」

——解放したところで、もはや我々には敵わないぞ。

「うるさい！」

——……誰に向かってそのような口を利く。おまえなど木っ端微塵に砕くことも可能なのだ。我々の力を見せてやろうか。

声に凄みが増し、竜一を脅してくる。

地べたに押さえつけられているル・デュラが、地鳴りのような音を立て、喉を鳴らした。四肢を踏ん張り、呪縛から逃れようと身体をくねらせる。口から泡と唾液が零れ出ていた。

——ほう。抵抗するのか。なかなかの力だ。だが……。

ビシャン、という音と共に、ル・デュラが再び地面に叩き付けられる。上から重しを乗っけられたように、ル・デュラの身体がひしゃげ、地面にめり込んでいった。

絶大な力で屈服させられ、それでもル・デュラは踠き続けた。

「りゅう、いち……に、手を、出す……な」

暴れながら、ル・デュラが唸る。ブチブチと何かが切れる音がして、地面にめり込んだ身体で立ち上がろうとする。

ォオオオオオ……と、切り裂くような雄叫びを上げ、とうとうル・デュラが立ち上がった。翼を動かし、徐々に身体が浮き上がる。

翼の動きは重々しいが、ル・デュラは確かに飛んでいた。やがて羽ばたきが力強くなり、周りに風が巻き起こる。

浮き上がったル・デュラの身体が徐々に高さを増し、それに比例して風も強まった。ビョウビョウと音が鳴り、風が渦を巻く。

——……なんだと。我々の呪縛を解いただと。

凄まじい風が巻き起こり、辺りが嵐に巻き込まれる。宮殿の外壁が削れ、尖塔が何本か折れた。

「私の番を傷つけることは許さない。初の種族よ、どこにいる。水晶を返せ。そしてこの土地から永遠に去れ」

再び大声で叫び、ル・デュラが初の種族に宣言する。

「初の種族よ！　水晶を返すのだ……っ！」

怒号は天まで響き渡り、声の風圧だけで宮殿の尖塔がまたひとつ崩れ落ちた。

「どこだ。どこにいる。姿を現せ」

ル・デュラの力は、初の種族の予想を遥かに超えたものだったらしい。声はもう聞こえず、ル・デュラの怒り狂う様をどこかで見ているのだ。

『竜一、僕を連れていって』

そのとき、竜一の腕の中にいたジジが声を出した。

『初の種族の居場所が僕には分かる。僕をそこに連れていって』

ジジは近くであれば、ドラン、スールに関わらず、相手の気配を探ることができるのだという。あまりに距離があればそれは叶わないが、今、初の種族の気配を感じられるから、近くにいると言った。

『向こうも遠くからでは術を届けられないんだ、きっと。どこかに身を隠して操っている』

「そうか。分かった。指示して」

ジジの指さす方向へ走る。そういえば、ジジは洞窟で竜一が起きると、不思議と良いタイミングでやってきた。見ていなくても、竜一がどこで何をしていたのか分かるような素振りを見せていた。あれは竜一の気配を感じ取っていたのだ。

暴れるル・デュラに注意を引きつけておき、竜一は初の種族が隠れている場所へジジと共に向かっていった。

「あそこだ」

ジジが示した場所は、広場の外れにある小屋だった。

「ル・デュラ！　ここだ。ここに初の種族が隠れている」

竜一が叫ぶと同時に、小屋から四人の男が飛び出してきた。居場所を暴かれ、慌てて逃げようと出てきたのだ。

そのなかの一人が手に水晶を持っている。初の種族の生き残りたちだ。

「あ、あの人！」

竜一は水晶を手にしている人物の顔を見て思わず叫んだ。男はスールの宮殿で、王の側近として控えていた、髭の男だった。

「あんたが黒幕だったのか」

小屋から飛び出してきた髭の男は、苦々しげに竜一を睨み、それからこっちに飛んでくるル・デュラを仰いだ。

男が水晶を天に翳す。

二つの月がグルグルとお互いの周りを回り始め、やがて大きな渦となる。風が起こり、ル・デュラを押し戻していく。

「ル・デュラ！」

懸命にこちらへ向かって飛ぼうとするが、近づくたびに強風が彼を襲い、元の位置へ戻されてしまった。

「邪魔はさせない。悲願達成はもう目の前なのだ……！」

渦巻く風の中心に立っている初の種族の生き残りたちが、水晶を掲げたまま四人で呪文を唱え始める。ル・デュラはまだ彼らの側にも近づけない。

ジジが竜一の腕の中から飛び降りた。大きく口を開け、男たちに向かって炎を吐く。

だが、それも男の巻き起こす風により消し飛ばされてしまった。力が尽きたジジが地面に両手をついた。穴の空いた腹から、じわじわと血が滲み出てくる。

「三百年前とは違うぞ。この日のために、力を溜めてきたのだ。我々の力をとくと見るがいい」

男の手から水晶が浮き上がる。ゆっくりと回転を始め、だんだんと速さを増していった。幾筋もの閃光が走り、空が暗くなる。回転する水晶の更に上空に亀裂が入った。異空間の窓が開く。

不意に、竜一の身体が浮き上がった。引っ張られるようにして、空の亀裂に吸い寄せられていく。

「竜一！」

ル・デュラが叫ぶ。

「おまえがいると王の箍《たか》が外れる。おまえさえいなくなれば、あれは力を失い、我々の敵ではなくなるのだ。……消えてしまえ。三百年前と同じようにな！」

初の種族が笑いながら言った。竜一を再び異空間に飛ばそうとしているのだ。

「ル・デュラ……！」

抵抗しようと両手両足を動かすが、浮いている身体は何も掴むことができずに、どんどん空の亀裂に吸い寄せられていく。

「竜一、……竜一っ」

「ル・デュラ！」

声のするほうに向かって両手を伸ばすが、やはり何も掴めない。ル・デュラの声が遠ざかっていく。

「竜一……っ！」

気がつくと、竜一は暗闇の中にいた。

モルドの風景が遙か向こうに見える。ここへ飛ばされてきたときと同じ、スノードームの内側から外を眺めている状態だ。光が波を打って揺れている。この光の波に見覚えがあった。いつか見た、水晶の放つ光だ。

「ヤバいよ。水晶の中に閉じ込められちゃったよ」

亀裂に吸い込まれたはずなのに、今いる場所は水晶の中だ。あの亀裂は水晶が生み出した空間の歪みで、竜一はそこに取り込まれてしまったのだ。

外の見える窓がだんだん狭まっていく。これが閉じたら最後、二度と出られない。

絶望に浸っていると、不意に身体を摑まれた。

腹に何かが食い込む。覚えのある感触だった。ル・デュラが、竜一の身体を口に挟んでいる。

「行かせない。二度と。竜一」

ル・デュラの身体の半分はまだモルドに残っているようで、こちらからは自分を咥えるル・デュラの胸までしか見えない。ドランの身体は大きすぎて、亀裂の中にすべてが入り込めないのだ。

「竜一」

身体を半分残したまま、ル・デュラは竜一を咥えて離そうとせず、そうしている間にも、外の見える窓がどんどん狭まっていく。

「駄目だ。ル・デュラ！　離して。身体が千切れちゃうよ」

三百年前、ル・デュラは同じように竜一を救おうとして、腕を失った。それが今は身体の半分を時空の割れ目に差し入れているのだ。

「駄目だ。離せ……！」

自分を咥えている口を摑み、竜一は渾身の力でこじ開けようとした。

「離せ。……離せっ！　ル・デュラ！」

必死になってル・デュラの口から自分の身体を離そうとした。鼻先を殴り、身体を捻り、足で蹴る。

「ル・デュラ、ル・デュラ！　死んじゃう。離して！　……お願いだ。ル・デュラ。……大丈夫だから、俺、絶対帰るから」

「竜一」

「帰ったときにル・デュラがいなかったら、俺、困るだろっ！　死んじゃ駄目だ。お願いだから離して。……離せ。離せってば」

涙と鼻水でグチョグチョになりながら、懸命に生きてくれと懇願する。

「絶対ル・デュラのところに帰るから。俺を信じて。ル・デュラ」

死んでは駄目だ。今死んでしまったら、二度と会えなくなる。

「俺が戻るまで待ってて。水晶を取り返して。それでまた迎えに来て。絶対に帰るから」

「竜一……必ず帰ってこい」

竜一を見つめるル・デュラの目にも涙が浮かんでいた。

「必ずだ。帰ってこないと許さない。竜一」

「うん。うん……っ、絶対戻る。だからル・デュラも絶対死なないで」

ル・デュラの口から竜一の身体が離れる。水晶から押し出そうと、ル・デュラの鼻先を押した。ル・デュラはまだ泣いている。涙を拭ってやり、キスをした。

「待ってて」

ル・デュラの身体が少しずつ水晶の外へ押し出されていく。出ていく瞬間まで、竜一はル・デュラにキスをし続けた。

やがてル・デュラの身体のすべてが水晶から出て、窓からその姿が確認できた。ル・デュラがどんどん遠くなり、窓も小さくなっていく。

ォォオオオォォオオオオオオオ。

ル・デュラの泣き叫ぶ声が聞こえた。

そのときには既に水晶の窓は閉じられて、姿が見えなくなっていた。


「……さて、どうしたもんかな」

水晶の中の異空間に浮かんだまま、竜一はモルドに戻る方法を考えていた。

辺りは真っ暗で、自分が目を開いているのか閉じているのかさえ分からない。

「絶対帰るとか約束しちゃったけど、帰り方が分からない」

だが、あのままル・デュラにしがみついていたら、ル・デュラは確実に死んでいた。一人で異空間に飛ばされるのももちろん嫌だが、あのときはル・デュラを死なせたくないとしか考えなかった。

「俺、このままずっと異空間に漂ってんのかな。戻れたとして、また三百年後になっちゃうのかな」

ドランは長生きだから、きっと会える、と三百歳年を取ったル・デュラの姿を想像してみるが、全然浮かんでこなかった。

「戻りたいな。……戻れるかな」

あれから初の種族はどうしただろう。ジジは大丈夫だろうか。一緒にいた王族も怪我をしていた。仲間のドランが到着し、無事に水晶を取り戻していたらいいのだが。

ル・デュラは泣いていないだろうか。竜一を手放したことを後悔し、悲しんでいないだろうか。

「喜怒哀楽の激しい人だから」

一途に竜一の帰りを待ち続けるのだろう。とても愛情深い人だから。

真っ暗闇の中、為す術もなく漂っていると、不意に遠くに小さな光を見た。空に光る星のように、小さな粒が点滅している。

「前と同じだ。そっちへ行けるかな」

なにしろ何もない空間なので、思うように動けない。

一筋見えた光に向かい、どうやって行こう、あそこに行きたいと考えていたら、すーと流れるように身体が滑り、光のほうへ向かっていった。あっという間に光が大きくなる。

「あ、念じたらそこへ行けるんだ」

一つ発見をして、希望を持つ。

どんどん近づく光に向かって泳いでいく。また窓のようなものが現れ、竜一はそこから外を覗いた。

デコボコの大地と黒い空が見える。動いているものは見つけられない。映像で見た、月面のような光景だ。

「あれは違うな。うっかり出ちゃったら、酸素がなくて死にそうだ」

光の窓から離れ、竜一は再び闇の中に浮かんだ。

「思った場所に移動できるなら、モルドにも行けるかも」

モルドに帰してと念じればいいかと思ったそのとき、また遠くに小さな光が見えた。

「えー、案外見つけられるもんだな。今度こそモルドかもしれない」

竜一はまた苦労して新しい光の射す場所へ流れていった。さっきのように、近づくにつれどんどん光が大きくなる。外へ通じる窓を見つけ、再び覗く。

「……あ」

アスファルトの道路に、車が走っている。コンクリートや木造、他にも多種多様な建物が並び、ビル群も見える。空は青く、遠くに見えるあれは海だ。近代的な橋が架かり、その下を船が通っていた。

眼下に広がる景色は、まぎれもなく地球だった。

「……わー、変わってない」

窓にしがみつき、食い入るように下に広がる景色を見つめる。

道を人が歩いていた。自転車もバイクも通っている。

「家に帰れる……?」

見えている風景は、竜一の故郷だ。

「あそこに帰れば……」

ハンバーガーやラーメンや焼き肉、なんでも食べ放題だ。布団はふかふかで、破れても繕うなんてことはしない。蛇口を捻れば水が出て、シャワーも風呂も、スイッチ一つで使える。便利で豊かで、欲しいものならちょっとの努力で大概が手に入る。

モルドとはまったく違う世界だ。

じっと見つめているうちに、どんどん風景が移動していき、見覚えのある家屋の上空に来た。

「……俺の家だ」

二階建ての家に、小さな庭が見える。物干し台があり、洗濯物が翻っていた。窓に貼り付くようにして眺めていると、庭に人が出てきた。

「母さん！」

竜一の母親が洗濯物を取り込んでいる。庭の縁側には妹の姿もあった。二人で笑いながら、会話を交わしていた。

「……笑っている。ちゃんと生活してるんだ」

二階の窓に、ピンク色のカーテンが見えた。あそこは竜一の部屋だったはずで、カーテンは青色だった。今あの部屋は、妹の部屋になっているのだ。もしかしたら、初めからそうだったのかもしれない。

懐かしい故郷の風景を、飽きることなく眺めていた。そうだ、空はあんな色をしていたと、そんなことさえ懐かしい。

母親が妹に洗濯物を手渡している。何かを言われた妹の唇が尖った。洗濯物の畳み方について、小言を言われているらしい。懐かしい風景。母はいつも子どもを叱るとき、あんな顔をして、そして自分もあの妹のような顔をしていた。

あそこでは、いつもと変わりない日常が営まれている。

「大丈夫なんだ。俺がいなくても、悲しんだりしていない」

あの場所に自分は初めからいなかった。母と妹の笑顔を見て、竜一はストンと理解した。不思議と悲しみは湧かなかった。むしろ安堵の思いが込み上げる。

自分がいなくても、世界は滞りなく動いている。母も妹も、きっと父も、幸せに暮らしている。竜一がいなくなったことを嘆き、泣き暮らしたりはしていない。

気掛かりはそれだけだったから。

「俺の帰りたい場所は、あそこじゃない」

竜一は景色の見える窓からそっと離れた。

身体が流され、懐かしい景色が遠のいていく。母と妹の笑顔も小さくなっていった。

「さようなら。元気でな。俺も、俺の故郷に帰るから。そこで幸せに暮らすから」

遠のく光を見つめながら、竜一は家族に別れを告げ、それから本当の故郷に帰りたいと、心の中で念じた。

「願った場所に行けるなら、どうか俺をモルドに連れていってくれ。モルドへ帰りたい。ル・デュラに会いたい」

ル・デュラのところへ帰りたい。きっと竜一を求めて泣いている。会いたい。会わせて。俺を彼のところに戻してください。

しばらく祈り続けているうちに、竜一は異変を感じた。闇の中で自分が光っているのだ。

「なんだこれ」

光の根源は、自分の右手だった。右腕に描かれた蔦模様が、浮かび上がるように光っている。それだけではない。蔦が動いているのだ。竜一の腕に絡まるようにして描かれていたそれが、本物の蔦のように実態を持っている。

蔦の先端が、ある方向を指した。何もない空間に向け、真っ直ぐに伸びている。

「あっちにあるんだな」

蔦がモルドの位置を教えてくれたのだと思い、蔦の示す方向に向かって移動していく。

案の定、先に小さな光が見えてきた。そこを目指して近づいていくが、どれほど近づいても、さっきのように光は大きくならなかった。

「モルドじゃないのか。間違えた？」

ガッカリしながら、とにかく小さな光に向かっていくと、そこには異世界に通じる窓もなく、小さな球体が浮かんでいるだけだった。

更に近づき、その球体を手に取ってみる。掌に乗るサイズのそれは、あの水晶に似ていた。玉の中には、蔦の模様が描かれている。

「あ、これ、もしかして、ル・デュラの腕……？」

球体に描かれた蔦は、竜一の腕の紋様とそっくりだ。竜一の腕の上で蠢いていた蔦が、迎えるように球体に絡まっている。

「絶対ル・デュラの腕だ。ああ、見つけたよ、ル・デュラ」

手に取った小さな球体を胸に抱き締め、おかえりと声をかけてあげた。竜一を救うためにここに放り出され、形を変えながら、迎えが来るのをずっと待っていたのだ。

「よし、一緒にモルドへ帰ろう」

ル・デュラの腕を胸に抱きながら、竜一はモルドに必ず帰れることを確信していた。

蔦も、水晶玉になったル・デュラの腕も、ずっと光を失わない。誰もいない真っ暗な空間で、この光は救いだった。竜一を励ますように柔らかく点滅している。

再び蔦が遠くを指し、竜一はル・デュラの腕と一緒に滑っていった。

絶対に帰る。ル・デュラが待つモルドへ。

蔦の指し示す先へ向かっていると、また遠方に光が見えた。ル・デュラの腕を見つけたときとは違い、近づけば近づくほど光が強く大きくなっていく。

「今度こそ、モルドでありますように」

強い願いを込めながら、光の射すほうへ移動する。窓が見え、竜一は飛びつくように外を覗いた。

すぐに目に入ったのは二つの月だ。ピンクがかった灰色の空に、乳白色の月が二つ、はっきりと浮かんでいた。

「……モルドだ。帰ってきた」

眼下に広がる砂漠も岩山も、見たことのある風景だった。竜一が最初に飛ばされてきたときと同じ、モルドの砂漠地帯だ。

「よかった。ル・デュラはどこだろう。連れていってくれるか？」

竜一が願うと、さっき地球を見たときと同じように、窓の外の景色がどんどん流れていく。

飛ぶように景色が移り、やがて大きな山々が見えてきた。川が流れている。スールの町が点在するあの場所だ。

「まださっきの広場にいるんだな」

竜一が水晶の中へ閉じ込められてから、半日も経っていない。ル・デュラは未だに初の種族から水晶を取り戻せず、彼らと対峙しているのだろう。

山が迫り、川が大きく見えてきた。スール王の宮殿のある町の上空へ辿り着く。

「……なんだ、あれ」

下を覗くと、宮殿の辺りが何かに覆われたように真っ黒で、町の様子が見えなかった。

「煙……？　いや、違う。あれは……ドランだ」

降下するにつれ、はっきりと状況が見えてきた。町を覆っている黒いものは、雲でも煙でもなく、ドランの群れだった。何百頭ものドランが宮殿の上空を飛んでいる。大きいのも小さいのもいて、形も様々だ。

「王族か。それにしても凄い数だ」

目を凝らせば、翼を持たないドランたちも、大勢広場にいるようだ。こっちのほうはもっと数が多い。ジジの呼びかけで、水晶を奪われたことを知ったドランの王族たちが集まってきたのだ。

「戦っているのかな。あれだけの数がいれば、あいつらもどうしようもないだろう」

初の種族の生き残りはたったの四人だった。水晶の魔力を使ったとしても、これだけの数のドランと戦うのは無理だ。

更に近づき、ドランたちと初の種族の対峙の様子を確かめる。宮殿前の広場は、ドランで埋め尽くされ、こちらも真っ黒になっている。

「え？　なんでスールの民と戦っているんだ？」

蠢く黒い影はドランだけではなく、スールの姿もあり、しかもかなりの数だ。弓矢や槍を持ったスールの民が、ドランに向かって攻撃しているのだ。石を投げている人もいる。

広場の奥、宮殿の門の前には四人の男たちがいた。初の種族たちだ。彼らを守るようにスールの民が立ちはだかり、ドランに攻撃をしている。

「なんで……？　初の種族のことをスールの民は知らないはずだろ？」

門の前に立つ初の種族の四人は、余裕の顔でドランとスールとのせめぎ合いを見ている。四人の上には結界があるのか、空からの攻撃はできないようで、翼を持つドランたちはただただ上空で初の種族を睨んでいるだけだ。

前方にいたドランの一頭が、一気に前に進み出て、大量の火を噴いた。後方にいる初の種族を狙うが、スールの民が彼らを守るように周りを囲む。

危ない！　と竜一が叫んだ瞬間、空にいたドランが飛んできて、別方向から火を吐いた。二つの炎がぶつかり、曲がっていく。そしてあろうことかドラン側のほうへ到達し、先頭にいたドランたちが火に巻かれた。地面が黒く焦げ、煙が上がる。

「何やってんだよ！」

炎が消えたあとには、火に巻かれたドランたちが右往左往していた。幸い彼らの皮膚は丈夫らしく、焼き殺されたりはしていない。ジリジリと後退り、スールとの間に距離ができている。

味方の炎を迎撃したドランが空高く舞い上がり、広場の上空を旋回する。銀色の鱗に長い尾を持つ、一際大きな身体を持つドランは、ル・デュラだった。

「ル・デュラ！　どうなってんの？　なんでこんなことになってるんだよ」

水晶の中から叫ぶが、彼らには竜一の姿は見えていないらしく、こちらに注目する様子もない。

ル・デュラは初の種族に近づこうと隙を窺うが、スールの民が邪魔をして、容易に近づけない。

「……あれ、操られているんじゃないか？」

よく見れば、スールの民に表情がなかった。怒りも恐怖も興奮も何もない、皆虚ろな顔をして、機械のように攻撃を繰り返している。

初の種族は様々な魔力を使い、そのなかに幻惑を誘うというのもあったはずだ。水晶の力を用い、大量の人々の心を操り、ドランを攻撃させているのだ。

「なんて酷いことを」

矢なんか射ったこともないだろう人が弓矢を使い、上手く扱えずに自分が怪我をしている。それなのにまた矢を番え、ドランに向けていた。後方から投げ入れられた石が味方に当たり、倒れたスールを誰も助けることなく、再び石が投げ入れられる。血を流し、足を引き摺《ず》りながら、それでもスールの人々は、ドランに対する攻撃をやめられない。

「……やめてくれよ。なんでそんな酷いことをするんだよ」

心を伴わない戦いは、目を覆いたくなるほどの凄惨さだった。

上空を旋回していたル・デュラは、ドランとスールの両方の上を飛び、しきりに何かを叫んでいる。声は聞こえないが、争いはやめろと訴えているのだろう。

一旦高く飛び上がったル・デュラが、一直線に初の種族に向かって滑空した。そして壁にぶつかるようにして弾き飛ばされる。やはり結界が張ってあるのだ。

ル・デュラが天に向かって咆哮する。互いに手を取り合い、一つになろうと誓い合った者同士の争いを嘆いているようだ。

ヒョロヒョロと飛んできた矢の一本がル・デュラの足に当たった。矢に勢いはなく、痛手はないようだが、それでもル・デュラは苦痛にたえるように首を振っている。

ル・デュラが再び初の種族の結界に挑む。強固な結界はまたもやル・デュラを弾き飛ばし、そんな彼に向け、再び大量の矢が放たれた。身体をくねらせ矢を弾き飛ばすと、その矢が今度は雨となってスールの上に降り注ぐ。数本の矢を突き刺したまま、ル・デュラが身を挺してスールを庇った。

「あそこに俺を帰して。ル・デュラのところへ戻して……！」

拳を握り、窓を思いっきり叩く。

こんな不毛な戦いはしてはいけない。やめさせなくてはと、何度も窓を叩いてあそこへ行きたいと訴えた。

ル・デュラが悲痛な叫びを上げ、再度結界を破ろうと天下高く舞い上がる。初の種族が、そんなル・デュラをあざ笑うかのように水晶を天高く掲げた。スールが矢を放ち、弧を描いたそれらがル・デュラに向かって飛んでいった。

「ル・デュラ。ル・デュラ！　ル・デュラ――――ッ！」

不意に身体が重くなり、落下の感覚が訪れる。いつかのときと同じ、竜一は窓の外の景色の中へ放り出された。

「竜一！」

ル・デュラの声が聞こえ、同時にヒュンヒュンという音が降ってきた。こちらに向かって大量の矢が飛んでくる。空中に投げ出された瞬間、竜一は矢の標的になってしまったようだ。

為す術もないまま矢の行方を見つめていると、突然銀色の影に覆われた。

「竜一……！」

顔を上げると、銀色のドランが竜一を見下ろしている。竜一はル・デュラの胸に抱かれ、空を飛んでいた。

「竜一！　無事に帰ってきたな。待ちわびたぞ」

矢から竜一を庇いながら、ル・デュラが言った。

「うん。っていうか、そんなに待たせてないだろう？　ほんの半日ぐらいだし」

「何を言う。一月《ひとつき》だ」

「え……っ」

水晶の中と外とでは、時間の流れに大きな差があり、あれから一ヶ月が経っていたというのだ。

この一月の間に、ル・デュラとドランたちは水晶を取り戻そうと、幾度となくスールの町を訪れ、そのたびにこうして民衆に撃退されることを繰り返しているのだという。

「そうだったのか。遅くなってごめん。……酷い状況になってるね」

空を飛びながら会話を交わす間にも矢と石の雨がこちらに向かって降ってくる。

「ル・デュラ、大丈夫？　矢が刺さってるけど」

首や背中に矢が刺さったまま飛んでいるル・デュラを気遣うと、ル・デュラは「なんでもない」と言って翼を羽ばたかせる。矢はポロポロと身体から外れ、下に落ちていった。

「これしきの攻撃など、どうということもないのだが、初の種族に近づけない。水晶も未だあの者たちの手に渡ったままだ」

近づこうにも結界が張られ、おまけにスールの民が邪魔をするので膠着《こうちゃく》状態が続いていると言った。

「初の種族の魔力が日に日に増している。操る民衆の数も増え、今は他の町からも集められ、この有り様だ。強行すればスールの民が痛手を負う。まったく手が出せないのだ」

スールの民は心を操られ、他は恐怖で支配し、以前と同じく奴隷のように扱われている。力ではドランのほうが勝っていても、スールの民を楯に取られ、どうすることもできないと、ル・デュラが苦悶の声を上げる。

「あの結界さえ破ることができれば……」

そう言うル・デュラの背後に、再び矢が飛んできた。標的を竜一とル・デュラに定め、総攻撃を掛けてきたようだ。飛んでくる大量の矢に竜一が目を見張ると、ル・デュラは竜一を守るように翼を畳んだ。

「大丈夫だ。おまえには傷一つつけさせはしない」

矢の攻撃を一身に浴び、ル・デュラが竜一を守ろうとする。

「ル・デュラ。これ、見つけたよ」

ル・デュラに抱きかかえられたまま、竜一は懐にしまっていた球体を取り出す。

「水晶の中で漂っていたんだ。ル・デュラの腕だろう？」

竜一の手にしているそれを見て、ル・デュラの目が大きく見開かれた。

「私の……腕」

「ほら、蔦の模様がある。光ってたんだ。俺の腕の蔦が見つけてくれたんだよ」

ル・デュラの腕だったものを、持ち主に返す。

それを手にした途端、まばゆい光がル・デュラを包んだ。眩しさに一瞬目を瞑り、それからゆっくりと開く。目の前には自分を抱くル・デュラがいる。ドランの姿のル・デュラの鱗は、銀の輝きが増していた。身体も一回り大きくなったようで、力強く翼を羽ばたかせている。竜一を抱くドランの右腕には、蔦が匍《は》っていた。

矢が飛んでくる。オォオオオオ……と、ル・デュラが咆哮を放つと、矢が霧のように消え去った。

「……凄い」

「力がみなぎってくる」

自分の腕を取り戻したル・デュラの身体から、焔のような気が立ち上っていた。以前とは比べものにならないほどのパワーが、竜一にまで伝わってくる。

「なんか強くなったのが分かる。ル・デュラ」

「ああ、私も感じる。忘れていた感覚だ。……いや、以前よりももっと強い力を感じる。長い期間あの水晶の中で漂っていたためか」

竜一を抱えたまま、ル・デュラが初の種族の結界に向かって突進した。左手に竜一を抱え、蔦の匍う右手を前に突き出す。

――バリンッ！　という音と共に結界が破られた。驚愕の表情をした初の種族がル・デュラを見上げている。

ル・デュラが地面に降り立つ。ドォンッという地響きは、以前よりも重さが増していた。

再びル・デュラの身体が光を放ち、爆発するように光が霧散したそこには、左腕と同じ、人型の腕を持つル・デュラが立っていた。

白い肌に細い指、鱗も鋭い爪もない腕が、ル・デュラの右側に付いている。肩から腕にかけて、蔦の模様が描かれていた。

「結界は崩壊した。右腕を取り戻した私にとって、おまえたちはもはや敵にもならない。大人しく降伏しろ」

ル・デュラが叫ぶ。初の種族がギリギリと歯を鳴らし、こちらを睨みつけた。

「さあ、水晶を返すのだ。それはおまえたちに扱いきれるものではない」

朗々とした声で、降伏を迫るル・デュラに、四人の男たちは悔しそうな顔をし、それから「渡すものか」と水晶を天に掲げた。

「スールの民よ！　私たちを守るのだ。あの者を私たちの側に近づけるな！」

髭の男が叫ぶと、人々が初の種族を取り囲み、守りの態勢を固めた。何も感情を映さない表情をしたまま、槍を持ち、ル・デュラに向けて突き出してくる。

「危ない！」

竜一が叫ぶと同時にル・デュラが右手を上げ、男の手から槍が弾き飛ばされた。男は無表情のまま落ちた槍を拾い、再び槍を突き出そうとする。

「やめろよ！」

竜一は咄嗟に進み出て、槍を持つ男の腕を摑んだ。男の動きは緩慢で、竜一にも容易に取り押さえることができる。男は竜一に腕を摑まれると動きを止め、ボウッとした顔をして竜一を見つめた。

「あんた……」

見覚えのあるその男は、スールの王だった。初の種族に操られ、率先してドランを攻撃していたのだ。

「王様、目を覚ましてくれ。宮殿で、ル・デュラと酒を酌み交わしていただろう？　スールとドランのこれからのことを、いろいろ話したじゃないか」

思い出してみれば、初めてスールの宮殿を訪れたとき、謁見と宴会の席では王の態度が大きく変化したことを、不思議に思っていたのだ。もしかしたらあの時には既に、王は心を操られていたのかもしれない。

だけど、スールとドランの未来を語り合ったときの、嬉しそうな表情は、本物だったはずだ。

スールの王は無言のまま、竜一を見つめている。

「ドランは敵じゃない。敵はドランじゃないんだ。目を覚ませよ」

竜一の力が緩むと、王が再び槍を振り上げる。後ろから他のスールもやってきて、石を投げてきた。

見れば民衆のなかには女性や子どもまでいる。手に石を握り、こちらに向けて投げようとする。

「やめろっていってんだろ！　自分のしてることが分かってんのか？　あんたたち、ドランの助けを借りて暮らしているんだろう。ル・デュラはそのドランの王だぞ。それを、こんな……」

二つの国は友好な関係を結んでいくはずだった。ドランはスールを襲わない。もともと優しくて、争いなんかしない種族だ。

「こんなことになっても、ル・デュラはあんたたちを攻撃しなかった。むしろ怪我をしないように守ってくれていたじゃないか。そんな人にどうしてこんな酷いことができるんだよ！」

記憶を操作され、過去を捏造された。憎まれ、恐怖されても、ル・デュラはドランの王として、ずっとスールに協力していたじゃないか。

「お願いだ。目を覚ましてくれ。敵はドランじゃないんだ！　あんたたちの後ろにいる、四人の男なんだよ」

竜一の血を吐くような叫びに、周りはシンとしている。

不意に、啜り泣きが聞こえ、そちらへ視線を向けると、小さな女の子が駆け寄ってきた。それはスールの町ヘル・デュラと初めて訪れたときに出会った少女だった。

「……怖い。怖いよぅ……」

少女の泣き声が大きくなり、周りにいた子どもたちがつられるように泣きだした。悲痛な泣き声が響き渡り、辺りの空気が変化してくる。無音だった民衆がざわつき始めた。槍や弓を持って自分の手を見つめ、何が起こっているのかと、辺りを見渡している。

泣きじゃくっている少女を抱き締め、竜一は「もう大丈夫」と、その子の頭を撫でた。

「ドランの王様が守ってくれるからね。凄く強いんだ」

少女を抱いたまま、竜一はスールの王に向け手を差し出した。王は夢から覚めたような顔をして、手にしていた槍を竜一へ渡してくる。

「王様。思い出して。自分たちの本当の歴史を。初の種族から自由を勝ち取り、この町を自分たちで作ったことを。三百年前、一度壊された町も、立派に再建したんだろう」

過去、ドランとスールは互いに協力をして初の種族の支配から脱したのだ。今もまた、二つの種族が手を取り合い、この状況から抜け出さなければならない。

「心を強く持って。幻惑なんかに操られたら駄目だ。自分たちの国は、自分たちで守らないと。ドランも協力する。また二つが力を合わせて、平和な国に戻そうよ」

きっとできる。

竜一は民衆に向かい、大声で叫んだ。

「ドランの王の力を見ただろう。スールの民だって同じぐらいの力があるんだ。二つの力が合わされば、できないことはない」

竜一の力強い声に、周りの人たちが圧倒された顔をしている。互いに顔を見合い頷き合い、手にした槍を持ち直す者もいた。

少女の泣き声がきっかけとなり、徐々に呪縛が解け、竜一の言葉が耳に入ったのだろう彼らは、今はしっかりとした顔つきをして、竜一とル・デュラを見つめていた。

「……スールとドランの架け橋となるという予言の意味が、今やっと分かった。おまえの存在は、すべての人々に希望を与えるものだったのだな」

竜一を胸に抱き込みながら、ル・デュラが言った。私の大切な番、と呟き、それからあの輝くような笑みを浮かべる。

そして民衆へ向け、「さあ、今から我々の希望を取り戻そう」と高らかに宣言した。

「竜一がいてくれさえすれば、私に怖いものは何もない」

そう言ってル・デュラが竜一の手を取った。

そのとき、突風が吹き、辺りが真っ暗になった。一瞬で二つの月がなくなり、真っ黒な空に覆われる。

突然暗闇に包まれたことに、スールの民衆が怯えた声を上げる。

「落ち着け。これはまやかしだ」

ル・デュラが両手を高く掲げ、掌から炎を出した。火の玉となった炎が月の代わりに上空を照らす。

「恐怖するな。初の種族は民衆の弱い心につけこんで、幻術を掛けるのだ」

ル・デュラの力強い一声で、辺りが一瞬にして平静を取り戻したのが分かった。

そしてル・デュラは民衆の最後方に向け、もう一つ火を放つと、人の波が割れ、四人の男が照らし出される。

「騒ぎに乗じて民衆の中に紛れ込もうとしたか。隠れても無駄だ。私にはおまえたちの居場所が手に取るように分かる」

すぐさま目論見を暴かれた初の種族の四人は、驚愕の表情をしたまま、ル・デュラを見つめた。

「水晶を返せ。大人しく渡せば命までは取らないと約束しよう」

ル・デュラの余裕の声に、髭の男がフン、と鼻白む。

「おまえに私たちは殺せない。古の約束があるのだからな。また掟を破れば、次にはどんな呪いが掛かるか分からないぞ」

ソ・デュラがスールと交わした協定を持ち出して、初の種族が対抗する。水晶を渡してしまえば力を失う彼らも必死だ。

「私は手を下さない。おまえたちの処遇はここにいる民衆に委ねる。ただし、水晶を渡してくれれば、命だけは永らえるよう、スールの民に進言してやる」

「なんだと……」

「周りを見ろ。スールの民は、おまえたちのこざかしい幻術などもう効きはしない。私の番が民衆に多大な力を与えた。もうおまえたちの支配に下ることは二度とない」

ル・デュラの冷徹な声に、初の種族がハッとして自分たちを囲む民衆に目をやった。一ヶ月もの間、奴隷のような生活を強いられ、心まで操られた恨みは深い。批難を込めた彼らの視線を一心に浴び、初めて窮地に気づいたらしい。

初の種族を、民衆がジリジリと追い詰めていく。

もはや彼らには、降伏するしか手立てがないように思えた。

「くそ……っ」

だが、初の種族はル・デュラの警告を無視して、水晶を上空に掲げた。髭の男の手から放たれた水晶が、ゆっくりと回転を始める。風が吹き荒れ、回転する水晶が膨張していく。そして水晶の更に上空に亀裂が入った。

「前と同じだ。また俺を飛ばすつもりか」

「竜一！」

ル・デュラも同じことを思ったらしく、側に立つ竜一の身体をしっかりと抱き、連れていかれまいとする。

「竜一。大丈夫だ。私はおまえを二度と離さない」

ル・デュラの言葉を信じ、竜一のほうからもル・デュラの腕に摑まる。

「初の種族よ。そんなことをしても無駄だ。私にはこの右腕が戻った。水晶がなくともおまえたちの目論見通りにはならない。二度と同じことはさせない」

――目論見とはなんだ。誰が同じことをすると言った？　番のことなど、もはやどうでもいい。

再び声が上空から聞こえ、竜一はハッとして空を見上げた。

パックリと口を開けた時空の切れ目に、初の種族の姿があった。

――水晶はいっときおまえに預けておいてやる。だが、いずれまた私たちはモルドに戻ってくるぞ。おまえが死んだあとにな。そのときには我々の力は今よりももっと強大なものとなっているだろう。おまえの腕同様、水晶の中で魔力を溜めるのだから。

このままでは敵わないと悟った四人は、自らが異空間に逃げ込むことを選んだのだ。

高笑いと共に、時空の割れ目の窓が閉じていく。高速で回転していた水晶の動きが徐々に緩やかになっていった。

初の種族の姿はどこにもない。水晶は未だ上空に浮かんだまま、波打つ光を放っている。

「……ル・デュラ、どうする？」

取り戻すことはできたが、初の種族は水晶の中に逃げ込んでしまった。これから何百年か先の未来、再びモルドへ降り立ち、また同じことを繰り返すつもりだ。

水晶を見上げ、ル・デュラも厳しい顔をしている。

「竜一。……射て」

「え？」

「あれを射て。水晶がなくなれば、中にいる者たちは二度とここへは戻ってこられない」

死ぬこともなく、出口もなく、永遠にあの暗闇の中で彷徨い続けるのだ。

ル・デュラがスールの民に「誰か弓を貸せ」と言った。

「あれは魔力では壊せない。だからおまえが弓で射ってくれ」

「でも、あれがなくなったら、ドランの王族は魔力を失っちゃうんだろう？　翼もなくなるって」

「すべて失うわけではない」

「でも……」

あの水晶には、ソ・デュラの命と魔力のすべてが注ぎ込まれている。水晶があるお蔭で、王族は翼を持ち、スールの言葉を理解できるのだと言っていた。王族が王族でいられるのは、あの水晶の力があるからだと、だから大切に受け継いできたのだと、そう言っていた。

「翼を失おうと、もっと大切なものを守れるのなら、私たちはあれを破壊することを望む」

水晶がある限り、初の種族の再来を恐怖しながら過ごさなければならない。それはドランにとっても、スールにとっても良くないことだ。

だから竜一の手によってあれを壊してくれと、ル・デュラが言う。

「いいの……？」

大変な役を仰せつかり、竜一の手が震える。

『竜一。頼んだよ』

逡巡している竜一に、いつの間にか側にいたジジがそう言った。

『スールの言葉は分からなくなるかもしれないけど、でも、兄さんと竜一がいる』

つぶらな瞳を向け、小さな手で竜一の手を握り、ジジがしっかりと頷いた。

『二人がスールとの架け橋になってくれるんだもの。水晶がなくても二つの国は一つになれるよ』

顔を上げれば、大勢のドランが竜一を見つめていた。優しい目をしたドランたちが、モルドの未来を竜一に託し、見守っている。

「竜一、私からもお願いする。どうかモルドの未来のために、あの水晶を壊してくれ」

ル・デュラが深く優しい目をして竜一を見つめる。

「……分かった」

竜一は受け取った弓に矢を番え、構えを取った。

もう半年以上も弓を持っていない。それに、これは普段竜一が使っていたものとはまるで違っていた。今この状況で、精神統一をする間もない。

息を整え、空に浮かぶ水晶に照準を置く。

自分を疑っている余地はない。当たると信じて射るしかないのだ。

不意に力強い腕に包まれ、弓の弦が大きく引き絞られた。照準を定める竜一に手を添え、ル・デュラが共に弓を構える。竜一の手にル・デュラの手が重なった。肌が触れた瞬間、二人の蔦の紋様が伸びていく。番の印が、互いを求めるように腕の上で絡み合った。

「二人で成し遂げよう。モルドの未来のために」

水晶は灰かな光を放ちながら、ゆっくりと回転している。それを目がけ、竜一はル・デュラと共に矢を放った。

「お願いだ。命中してくれ」

放たれた矢は水晶めがけて真っ直ぐに飛んでいく。

――パンッという音が鳴り、次の瞬間、光が弾け飛んだ。まばゆい光に一瞬目が眩む。

風がやみ、辺りに静寂が訪れた。目を開けると、空があった。灰色がかったピンク色の空に、前と同じ、大きさの違う二つの月が浮かんでいる。空も月も色を取り戻し、モルドの大地を明るく照らしていた。

水晶は欠片も残さず、霧散した。

「……終わったな」

空を見上げ、ル・デュラが呟く。

「我々を支配しようとする輩はこの地から消えた。モルドに再び平穏が戻ったのだ」

ル・デュラの声を聞きながら、竜一も空を見上げた。

さっきまで上空を飛んでいたドランたちの姿がない。……皆、翼を失い、地上に降りたのだ。

周りではスールの人々が手を取り合って初の種族の敗北を喜んでいる。

「……ル・デュラ」

大それたことをしてしまったという思いに、今更ながら怖くなり、ル・デュラの名を呼んだ。そんな竜一の肩を抱き、ル・デュラが「これでいい」と静かに言った。

「水晶がこの世に存在する限り、あの力を得ようとする輩がこれからもきっと出現しただろう。竜一、気に病むことはない。おまえは私たちドランとスールを救ったのだ」

優しい声で、ル・デュラが竜一を慰める。そして「おまえを再び失うことにならずによかった」と、安堵の溜め息を漏らした。

「あれがある限り、私の心に本当の意味での安寧は訪れない。番の出現のために作られた水晶だ。その番がこの世に現れた今、水晶の役目は終わったのだ」

ル・デュラの言葉は不思議な説得力をもって、竜一の耳に届く。これでよかったのだと、ようやく竜一の胸にも安堵が降りてきた。

「さあ、山へ帰ろう」

竜一の手を取り、ル・デュラが朗らかに笑う。

スールの民たちが、竜一たちを囲んで喜びの歓声を上げている。手を取られ、ありがとうと言われた。民衆の中にはあの少女もいて、笑顔で二人を見上げている。

「ル・デュラさま、ありがとう」

少女が叫び、ル・デュラが彼女を抱き上げる。それを見る人々の顔には、満面の笑みが浮かんでいた。彼を破壊王だといって怖がる人は、もう誰一人いない。

スールの人たちが、ル・デュラに向けて手を振っている。超絶美形の王様は、片方だけドランだった腕もなくなり、美貌が五割増しになっている。これからますますみんなに愛される王様になるだろう。

スールとドランの間に、今日新しい橋が架かったと、笑顔で応えている自分の番の横顔を、竜一は誇らしい気持ちで眺めていた。


干し草の上に、大判のシーツが掛けてある。これは竜一が留守にしていた一月のあいだに、ル・デュラが購入していたものだ。竜一がいつ帰ってきてもいいようにと、用意をして待っていてくれたのだ。

そのシーツの上に、竜一は横たわっている。目を開けると、美しい顔が竜一を見下ろしていた。それがゆっくりと下りてきて、唇が重なる。

「ん……ん、ん」

口づけをしながら、ル・デュラの右手が竜一の髪を梳いている。その腕には、竜一と同じ蔦模様が描かれていた。肌に刻まれた番の証しの印は、お互いの手の甲まで覆っている。

「あっ、……ぁあ、……あ……ん」

ル・デュラが腰を蠢かし、竜一の口から高い声が上がった。

無事ル・デュラとの再会を果たし、初の種族を水晶もろとも葬ることに成功した竜一たちは、二人の住む山へと戻ってきた。

初の種族に襲われて逃げたドランたちも戻っていた。ジジもすっかり元気になっていて、ドランたちと一緒に竜一を出迎えてくれた。

久し振りにジジも加えた三人で、青空ダイニングで食事をし、ジジに頼まれて、音の鳴る木で演奏会をした。

そして夜になり、こうしてル・デュラの住まいに連れ込まれている。

「もぅ……、帰ってきていきなりこんな……、ぁ、ぅあ、ん」

もう少しゆっくり話をして、竜一のいなかった間のことなんかを聞きたかったのに、口が利けない状態にされている。

「いきなりではない。ちゃんと皆に挨拶もした」

「そりゃ、そぅ、だけ……っ、は、ぁあ、ん」

ル・デュラが腰を突き上げ、ゴリッとした場所に当たり、竜一の顎が跳ね上がった。

「もうこれ以上は待てなかったのだ。おまえもそうだろう」

「ぅ、……ふ、ぁ、ぁあ、そこ、駄目……。だって……半日ぐらい、ぃ、しか……」

「一月だ。長かった」

「ふ、ぅん、……あ、あ、そこ、駄目って、言っ……はぁ、ぁあああん、……てるだろっ！」

ル・デュラがグリグリと、駄目と言った場所を責めるので、あられのない声が飛び出してしまい、竜一は怒声を浴びせた。

「何故だ。ここを掠めると、とても気持ちがよさそうなのに」

身体を起こしたル・デュラが、竜一の両足首を掴み、大きく広げながら腰を突き入れてきた。

「や、だ、……それ、そこ、……ぁ、あ……グリッ、てなるの、やだ……あ」

やだやだ言いながら、広げられた足が自ら大きく開き、腰が突き出てしまうのがたまらなく恥ずかしい。

「……ああ、可愛らしいな」

「可愛くねえよっ」

「そんなことはない」

ズン……と、奥まで穿たれ、大きく身体を仰け反らし、一緒に嬌声も飛び出す。

「んんんあぁ、あんっ、あっ、ああ……」

突かれるたびに声が出て、ペニスから白濁が飛び散る。何度イッてもすぐに追い上げられ、またイクことを繰り返していた。

「ほら、可愛らしい。……本当に可愛らしい」

ル・デュラが呟くように言いながら、腰をいやらしく蠢かした。大きく円を描くように回し、次には細かい動きで腰を送ってくる。

「あっ、あ、……んん、ぅ、……あ」

こんな綺麗な顔で、そんないやらしい動きをするのを見たら、また下腹部に疼きが生じ、竜一は声を上げげた。

快感に翻弄されている竜一を、ル・デュラがずっと見つめている。

前に抱き合ったときには、発情期のル・デュラと、そのフェロモンに当てられた竜一との情交だったので、羞恥など覚える余裕もなくお互い貪り合ったものだが、今は二人ともそうではない。

あの時、抑えきれない激情に苦しみのたうっていたル・デュラは、今は己を制御し、竜一を深い快楽の淵に連れていこうとする。

今こうしてル・デュラに責められて嬌声を上げている姿を自覚すると、その淫猥さに羞恥が湧き、それでいてそんな自分に興奮してしまう。

「は……は、……っ、あ、んんぅ、また……、あっ、ああっ、ィ、……ク……」

新しい波に呑み込まれ、竜一の劣情が爆ぜる。ビュクビュクと精液が飛び散り、腹を濡らした。

「……また達したな」

ル・デュラが竜一の吐き出した白濁を掬い取る。濡れた指先を自分の口元に持っていき、ベロリと舐めた。

竜一の精を味わい、ル・デュラが恍惚の表情を浮かべる。

突き上げはやまず、そうしながら掌で竜一の肌を撫で回す。今達したばかりのペニスを包まれ、柔らかく扱かれた。

「や……、んぅ、ん、ぁ……あ」

新しい刺激に、竜一の劣情がル・デュラの手の中でピクピクと跳ね、手の動きに合わせて腰が前後する。足首からは既にル・デュラの手が離れているのに、自ら大きく広げたまま、ル・デュラを受け容れていた。

「ル・デュラ……」

快楽の波に溺れながら、掴まるものが欲しくて両手を差し出した。ル・デュラの大きな身体が下りてきて、太く逞しい首にしがみつく。長い髪が竜一の肌に掛かる。サラサラと肌の上を滑っていき、まるで愛撫されているようだと思った。

「ああ、竜一……、この一月の間、どれほどおまえが恋しかったことか」

ル・デュラが溜め息交じりに呟いた。

竜一の出現を待ち続けていた五百年の月日よりも、この一月は苦しい日々だったと言い、強い力で抱き締める。

「恋しくて、……恋しくて……おかしくなりそうだった」

竜一を見つめる顔は切なそうで、再会できた喜びと、会えなかった期間の寂しさ、悲しさが混在し、処理しきれない感情に、どうしていいのか分からないみたいだ。

「待たせて……ごめんな」

一人で孤独に耐えていたル・デュラのことを思い、竜一が謝ると、ル・デュラは泣き笑いのような表情を浮かべ、竜一に口づけた。

「戻ってきてくれたのだ。今は、嬉しくておかしくなりそうだ」

キスの合間にそう言って、次にはいつもの柔らかい笑顔になった。

ル・デュラが竜一の上で揺れ続ける。眉根を寄せ、唇を噛み、時々首を振る。

達してしまうのを惜しむように、高まる激情を堪え、竜一の中に居続けようとしている。

やがてそれも限界に達したのか、穿つ動きが激しくなっていった。

「竜一、……竜一……、はっ、はっ、ん、く……、ああ、ああ……」

閉じようとする唇は言うことを聞かず、嬌声が漏れ、息が荒くなる。

「ああ、……ああ、竜一……っ、あ、あ……ぁあああ」

天井を仰ぎ、ル・デュラが声を放った。

竜一の中でル・デュラが爆ぜる。

「ん、……、ああ、は……」

溜息を吐き、名残を惜しむようにゆっくりと腰を揺らしている。

白い肌に赤みが射し、ル・デュラが竜一の体温と同化する。

固く閉じていた目が開くと、長い睫の下に黒の瞳が現れた。ずっと見つめている竜一と目が合い、その顔が綻んだ。

竜一を苛み、貪り、味わい尽くした美しい生き物は、今は花が咲くように笑っていた。

龍王さまと最愛の花たち

~愛に溢れた未来予想図~

たわわに実った果実の一つをもぎ取り、ル・デュラは歯を立てた。

シャリ、という小気味よい音と共に、透明な汁が溢れ、手首まで伝っていく。味はさっぱりとした甘さで、よく熟れている。

「うん。よい出来だ。絞って持っていこう」

ここで実る果実のなかで、竜一はこれを一番好む。竜一の喜ぶ顔を思い浮かべ、ル・デュラはもいだ果実をせっせと籠に入れていった。

すぐ側で手伝いをしてくれているドランが、背中の籠にどんどん果実を入れていくル・デュラを見上げ、グモゥ、と鳴いた。

「ああ、そうだな。『一度にこんなに飲めねえよ』と、また竜一に言われるかもしれないな」

これが好き、あれが美味いと言われると、無尽蔵に与え続けるル・デュラに、竜一はいつも呆れたようにそう言うのだ。

「だがまあ、足りないと思うよりもいいだろう。それに、他の子たちにも与えればいい」

子どもたちは、親に嗜好《しこう》が似ていて、やはりこの果物が大好物なのだから。

「ル・デュラさま」

収穫に勤しんでいると、自分を呼ぶ声がした。

「おお、アリッサか。遊びに来ていたのか」

アリッサは、以前スールの町で転んだところを介抱してあげた幼い少女だ。あれから三年が経ち、七歳だった彼女は十歳になっている。

アリッサは家族と共にここへ移り住み、今は山の反対側の麓に小さな町を作り、ル・デュラの指導の下、果樹園の経営をしている。スールの町からも続々と人がやってきて、収穫した果実や野菜をあちらへ運び、向こうからも様々な物資が運ばれてくる。

火山のある地域にも、温泉を利用した湯宿の町ができた。今や広大なモルド全域に、スールの町ができつつある。新しい町作りに、ドランも大いに協力している。

スールとドランとの関係は良好で、両国の絆はますます強くなっていく。

「ジュースを絞ろうと思っていたところだ。おまえも土産に持っていくといい」

「竜一さまが呼んでるよ。もう産まれそうだって」

側まで走ってきたアリッサが、息を切らしながら報告をしてくれた。

「……おお、そうか。では急いで行かなくては」

果物もアリッサも置き去りにして、ル・デュラは二人の住まいに走る。

山の中腹にある池の畔に二人の新居があった。洞窟は寝室用、畔にある大きな木の上にはツリーハウスが建っている。スールの人々が作ってくれた子ども部屋だ。

「竜一、もう産まれそうか」

息せき切って洞窟の中に入り、声をかけると、奥から「おう、そろそろだ」という返事がきた。

干し草のベッドの上で、竜一が卵を抱えている。

「ほら、ヒビが入ってきた。一生懸命叩いているよ」

竜一の手に収まるほどの大きさの卵には、なるほど亀裂が入っていた。薄青色のつるつるした表面には、うっすらと蔦《つた》の模様が浮かんでいる。

「とうさま、パパさま、もううまれる？」

洞窟の外から子どもたちが顔を覗かせた。

「ああ、生まれそうだ。リク、リュウト。こっちへおいで。一緒にお迎えをしよう」

ル・デュラが招き入れると、子どもたちが入ってきた。リクは竜一にそっくりなスール型の子、リュウトはル・デュラにそっくりなドラン型の子。今年三歳になる双子の子たちだ。

卵がパリパリと音を立てて穴が空いた。中から尖ったものが覗いている。

「あ、くちがとがってる。ドランがただ！」

リュウトが叫んだ。

それからも長い時間を掛けて、内側から殻《から》を割っていく。その様子を家族みんなで見守った。

やがて卵の半分以上の殻が割れた。ピー、ピーと泣き声を上げ、小さなドランが姿を現す。

「リュウトとそっくり。ちいさいねえ。かわいい」

リクが言い、リュウトが「ほんとうだ」と、顔を近づける。

生まれたばかりの赤ん坊は、卵の殻から抜け出し、すぐさま竜一の身体によじ登っていく。長い尻尾で器用にバランスを取りながら登り、竜一の首元にその小さな身体を巻きつけ、キューキューと可愛らしい声を出した。

「おお、元気だな。これはやんちゃになりそうだ」

竜一が笑いながらなめらかな鱗《うろこ》を撫《な》でた。

「ほら、父さまも抱いてやって」

竜一から子どもを受け取り、胸に抱いた。赤子がル・デュラを見上げ、小さく首を傾げる仕草がなんとも可愛らしい。

「健やかに育つのだぞ。おまえたちはモルドの希望の星だ」

つぶらな瞳でこちらを見上げている新しい命に、ル・デュラはそう言って、祝福のキスをした。


『生まれた？』

家族で新しい命の誕生を祝っていると、ジジが見舞いにやってきた。今日もモフモフの服を身に着け、頭には花冠を載せている。

「あ、ジジおじさん。うまれたよ。ドランがただったよ」

『そうか。成長したら、スールに変われるかもしれないね』

ル・デュラと竜一の間に生まれた子は、モルドでは三百年ぶりの新しい命だ。また、ドランの王とスールという今までにない組み合わせの夫婦なので、今後この子たちがどのように育っていくのか、誰にも分からない。

『この調子でどんどん産んだらいい。お世話は任せて』

「ああ、そのつもりだ」

「おい、産むのは俺だぞ」

「今度は三つ子がいいな」

「だから産むのは俺だってば」

『それでね、二人に話があるんだけど』

ジジがそう言って、チラリと双子を見る。

子どもには聞かせたくない話なのだと合点して、ル・デュラは二人に声をかけた。

「おまえたち、パパさまのためにジュースを絞ってきておくれ。パパさまはずっと卵を見守っていたのだ。喉が渇いている」

「わかったー」

二人が声を揃えて言い、我先にと洞窟から出ていった。

双子が消え、ル・デュラはジジに向き直った。子は竜一の腕に抱かれ、殻割り作業に疲れたらしく、眠り始めた。

「話とはなんだ」

ル・デュラの問いに、ジジは『それがね』と言ったまま、首を傾げている。

『……できたみたいなんだ』

「できたとは、何がだ？」

『それが、できちゃったみたい。……子が』

ル・デュラと竜一は顔を見合わせ、「は？」と同時に言った。

「子ができただと？」

「なんでよ」

『僕にも分からない。でもちゃんと聞いた。身籠もったって』

三百年前、ル・デュラはスールの民を殺めてしまい、ドランの最も厳しい掟を破った。そのせいで、ドランには生殖能力が消え、ル・デュラ以外は誰も子種を残せない運命を背負ってしまった。

「何かの間違いではないのか」

『僕もそう言ったんだけど、雌《めす》の勘に間違いはないって……』

想像だにしていなかったことに絶句していると、竜一が「てか、ジジって彼女いたんだ」と、呑気な声を出した。

「知らなかった。どんな子？　なんだよ、いるなら紹介してくれればいいのに」

竜一の言葉に、ジジは一瞬何のことかと首を傾げ、慌てて『違う』と首を振った。

『僕じゃなくて、菜園のドランの子』

ジジが仲良くしている小型のドランがいて、その子から相談を受けたのだと言った。

『こんなこと誰にも相談できないからって、内緒で聞いたんだ。だけど僕だってよく分からないし。それで、兄さんたちに報告してもいい？　って許可をもらって聞きに来たんだ』

ジジを含め、この三百年の間に、子を孕《はら》んだドランは一頭もいない。どうしたものかと悩みあぐね、結局ル・デュラたちのところへ話を持ってきたのだという。

「それで、父親はどのドランなのだ？」

『それがよく分からないんだって』

「……なんだって？」

竜一が不穏な声を出した。

『妊娠するなんて思わないから、戯れで遊んだ子が数人いるらしく……』

「乱れてんな。監督不行き届きじゃないか？」

「竜一、それは致し方のないことだ。ドランはもともと一夫多妻で、子ども同士や、雄《おす》同士でも戯れで睦み合いの真似事をしたものだ。その名残なのだよ」

「ふうん。ル・デュラもしたの？」

疑いの目を向けられて、ル・デュラは慌てて首を横に振った。

「私はそのようなことは一切ない！　この世に生まれたときから竜一だけに一筋なのだから」

誓ってもいいと竜一に迫ると、「大声を出すな。赤ちゃんが起きちゃうだろ」と叱られてしまった。

「まあ、その辺の倫理観についてはあとで話し合うとして、とにかく妊娠したのはめでたいことだな」

切り替えの早い竜一が、明るい声で祝福する。

「今度その子も連れてきな。一応父親候補も全員連れてくるといい。生まれてきたら、どの子が父親か分かるだろう？　育てるのはみんなですればいいし」

「それはそうだが……」

自分たち以外のドランの妊娠が事実であるならば、モルドにとっても喜ばしいことではある。だがやはりどうしても信じられない。

「ソ・デュラの戒めはそう簡単には解けないはずだ。しかしどうして……」

『そうなんだよね。何があったんだろうね』

ジジと二人で考え込むが、答えなど出るはずがない。

「いいじゃないか。できちゃったんだから。悩むことないだろ？」

竜一がカラリと晴天のような声を出した。

「よく分かんないけどさ、水晶を壊しちゃったからじゃないかな」

「え」

子を腕に抱きながら、竜一が軽い口調で言った。

「ほら、あの水晶ってソ・デュラの魔力の総本山みたいなものだったんだろ？　あれに全部が詰め込まれていて、それがなくなったから、呪いもなくなったんじゃないかな」

「そんな……簡単なことで？」

竜一が二人を見返し、「簡単なことじゃなかっただろ？」と言った。

「ソ・デュラの時代から連綿と受け継がれてきた水晶を、誰も壊そうなんて考えない。初の種族もそう考えたから、あの中に一旦逃げ込んでやり過ごそうとしたんじゃないか。だって、翼がなくなるんだぞ？　大ごとじゃないか」

あの水晶を破壊したことで、ル・デュラを含めたドランのすべてから翼がなくなった。移動は地上伝いになり、苦労も増えた。ジジのようにスールの言葉を理解できるドランも、今では王の自分だけだ。

だが、もともと強靭な体力を持つドランは、空を行く代わりに地上を駆け、それに、スールとの仲が良好になり、モルド全域を巡回する必要もなくなった。ドランを狩るスールも、無断で飼おうとする者も、今はいないからだ。

言葉に関しては、子細は理解できずとも、今までの経験で酌み取ることはできる。ドランとスールとの間には竜一もいて、彼が二つの種族の通訳をしてくれるから、これもそれほど不便はない。

「ソ・デュラはそういうことも見越して呪いを掛けたんじゃないかな。よほどのことが起こったとき、誰かが水晶を壊すだろうって」

……私の番は、どうしてこうも簡単に、新たな希望を導き出すのか。

「だって現にジジの友だちは身籠もった。正解は分かんないけどさ、ソ・デュラの呪いは解けたんだよ。よかったな」

竜一がニッコリと笑い、「おめでとう」ともう一度言った。

「これからモルド中に、春の季節が訪れるな。ドランの滅亡の危機も去ったし」

「そうだな。竜一のお蔭だ」

ル・デュラの声に、竜一は目を丸くして「俺？」と華やかな笑顔を見せる。

「俺は何もしてないよ」

「いいや。おまえがモルドにやってきて、あらゆることが動き始め、変化した。そのどれもこれも、幸福な未来に繋がるものだ」

子が生まれ、スールとの関係が修復され、ドランに春が蘇った。

「私の大事な番は、ここモルドにとって、かけがえのない宝だ。私は竜一を伴侶に持ったことを、誇りに思う」

「大袈裟だよ」

「大袈裟ではない。ああ、竜一……」

「こら、子が起きるって言ってんだろ」

抱きつこうとしたらまた叱られてしまった。

『僕が寝かしつけるよ』

ジジがそう言って、干し草を敷き詰めた籠に赤ん坊を入れ、ポンポンと優しくあやした。

『あれ？』

「どうした？」

籠を覗き込んだジジが『ここを見て』と、赤子の背中を指す。そこには小さな突起があった。

『これ……翼じゃない？』

三人で籠の中を覗き込む。背中の突起はジジの指よりももっと小さく、だが確かに翼の形をしていた。クピクピと可愛い寝息を立てる赤子の呼吸に合わせ、背中の翼も震えている。

じっと籠の中を覗き込み、三人で顔を見合わせた。

「モルドの未来は明るいな」

竜一が陽気な声を出す。

「……そうだな。これからは良いことしか起こらない」

竜一に応え、ル・デュラも笑顔で言った。

「そういえば、アリッサのところも、兄弟が生まれるって言ってたな。どんどん賑やかになる」

「竜一、私たちも負けてはいられない。さっそく今夜にでも子作りをしよう」

「勝負すんなよ」

そう言って竜一が睨んだあと、「まあ、可愛いから、産むのはやぶさかじゃないけどな」と言って笑った。

外からは「パパさまー、ジュースー」という、双子たちの声が聞こえていた。

こんにちは、もしくははじめまして、野原滋《のはらしげる》です。このたびは拙作「龍王さまと純愛の花～時を越えたつがい～」をお手に取っていただき、ありがとうございます。

今回は異世界トリップ、プラス龍王というファンタジーに挑戦しました。何を書いても四畳半一間のスケール感という筆者ですが、頑張って異世界に飛び出してみました。庭付き一軒家ぐらいのスケールにはなっていたでしょうか。読者さまご自身の目でお確かめいただきたい。

スール以外哺乳類のまったくいない世界です。私は爬虫類が大好きですが、読者さまの中には苦手と思われる方もいらっしゃるかと思いまして、どうにかモフモフ感を出せないものかと工夫をした結果、ジジというキャラが誕生しました。書いているうちにこのジジを私自身が気に入ってしまい、出張ること出張ること（笑）。皆さまにも可愛がっていただけたら嬉しいです。

今回イラストを担当くださったみずかねりょう先生。とっても素敵なイラストをありがとうございました！　キャララフやカバーラフ、完成版、修正版と、画像が届くたびに悲鳴を上げて転がっていました。ドラマティ

あとがき

ックで美しい彼らを生んでくださり、感謝です。

それから今回も担当さまには大変お世話になりました。ネタ出しの段階からル・デュラの片腕がドラゴンという設定に食いついてくださり、初稿以降はジジを熱愛してくださり、担当さんの「ジジ愛」に応えようと、こちらの描写にも力が入りました。結果、可愛い上にとてもロマンティックな物語に仕上げられたと思っています。本当にありがとうございました。

最後に、ここまでお付き合いくださいました読者さまにも厚く御礼申し上げます。

お調子者な竜一《りゅういち》と、口下手だけど愛情深い龍王さまが、真実の番となっていく様子を、どうかお楽しみください。

遠きモルドの地で、仲睦まじく暮らしている彼らの幸福を願いながら。

野原滋

CROSS NOVELSをお買い上げいただき
ありがとうございます。
この本を読んだご意見・ご感想をお寄せください。
〒110-8625
東京都台東区東上野2-8-7　笠倉出版社
CROSS NOVELS 編集部
「野原 滋先生」係／「みずかねりょう先生」係

CROSS NOVELS

龍王さまと純愛の花
〜時を越えたつがい〜

著者
野原 滋

2020年3月23日　初版発行　検印廃止

発行者　笠倉伸夫
発行所　株式会社 笠倉出版社
〒110-8625　東京都台東区東上野2-8-7　笠倉ビル
[営業]TEL　0120-984-164
FAX　03-4355-1109
[編集]TEL　03-4355-1103
FAX　03-5846-3493
http://www.kasakura.co.jp/
振替口座　00130-9-75686
印刷　株式会社 光邦
装丁　斉藤麻実子〈Asanomi Graphic〉
ISBN 978-4-7730-6024-9
Printed in Japan

CROSS NOVELS